KB046529

월
간

십
육
일

세 월 호 참 사
10주기
기 억 에 세 이

김 겨 울 외 49인 글
임 진 아 그 림
4·16재 단 엮 음

월 간

십 육 일

사□계절

월간 십육일

〈월간 십육일〉은 '4월 16일'을 기억하는 사람들의 이야기를 담기 위해, 4·16재단에서 기획한 에세이입니다. 이 책에는 〈월간 십육일〉이 시작된 2020년 6월 16일부터 아직 공개되지 않은 2024년 10월 16일까지, 모두 50편의 글을 담았습니다.

2014년 4월 16일, 우리는 같은 기억을 가지게 되었습니다. 모든 사람이 이전과 다른 삶을 살게 되었습니다. 〈월간 십육일〉은 그 기억이 삶에 새긴 크고 작은 흔적들을 고스란히 담았습니다.

글쓴이들은 해마다 피는 봄꽃에서, 우연히 펼친 책장에서, 좋아하는 사람의 얼굴에서, 상실의 아픔 속에서, 누군가의 가방에 달린 노란 리본에서, 반복되는 재난참사에서, 자신의 내면과 예술 안에서도 세월호 참사의 기억을 떠올립니다. 잊지 않기로 다짐하고, 함께 기억하자고 손을 내밉니다. 슬퍼하는 사람 옆에서 함께 슬퍼하고, 기억하는 사람들과 어깨를 맞대어 앞으로 나아가자고 말합니다. 기억은 시간이 흐를수록 희미해질 수도 있지만, 삶에 깊이 스며들어 단단해질 수도 있기 때문입니다.

한 편 한 편에 담긴 진심은 그날을 기억하는 모든 이가 한 번쯤 품었던 아픔, 여전히 품고 있는 희망과 닮았습니다. '거대한 슬픔'으로 여겨지던 4월 16일은 이제 우리를 하나로 묶는 '커다란 리본'이 되었으니까요. 그래서 세월호 참사 10주기를 맞아 출간되는 이 책에 '기억' 에세이라는 이름을 붙였습니다.

열 번째 봄을 맞아, 기억의 힘을 믿는 모든 분들에게 인사를 전합니다. 우리의 기억은 이어지고 있습니다. 누군가의 아픔을 잊지 않고, 슬퍼하는 사람의 손을 잡고, 내일로 나아갈 힘이 되고 있습니다. 함께 기억하는 사람들이 여기에 있습니다.

—사계절출판사 편집부

6

차례

3부   2022.4.16-2023.3.16

4부   2023.4.16-2024.3.16

5부   2024.4.16-2024.10.16

1부

서윤후

슬픔의

기억력으로

2020

6

16

어쩔 수 없이 삶은 견디는 시간으로 점철되어 가고, 뜻 밖의 일들은 그 지루한 삶의 반복을 비집고 들어온다. 좋은 일과 나쁜 일, 그렇게 나눌 수는 없을 것이다. 지나치게 빠른 시간의 유속 속에서 잊히는 일과 잊히지 않는 일, 잊어서는 안 되는 일들은 눈금을 긋는다. 그 눈금을 전후로 우리는 조금 달라진다. 달라짐을 느낄 수 없더라도, 다음으로 가는 마음은 이미 변해 있을 것이다. 삶이 계속되는 동안, 모름지기 시간과 톱니를 맞대는 우리의 방식일 것이다.

연희동에 있는 편지 가게에 들른 적이 있다. 불특정 다수에게 쓴 편지가 주제별로 나뉘어 판매되고 있었다. 편지를 산다는 것, 처음 있는 일이었다. 주제에 맞게 색깔별로 구분되어 있었는데 나는 노란 봉투를 꺼내 들었다. 주제는 '세월호'였다. 4월 16일이 얼마 남지 않아서였는지 나는 주저 없이 그 편지를 들고 나왔다. 4월 16일이 되던 날에 펴보았다. 이 편지는 아마도 이런 우연을 기다렸을지도 모른다. 많은 길을 에돌아 나에게로까지 도착한 것이었을 테다. 편지에는 마음 한쪽에 무거운 짐을 가득 짊어진 사람의 목소리가 담겨 있었다. 누구든 그럴 수 있겠지만 거대한 슬픔을 애도해 본 적이 없어 어떤 말도 하지 못했던 긴 시간이 흐른 뒤였다. 편지의 화자는 각자의 방식으로 세월호의 시간을 추모하는 과정에서 적잖은 부딪침을 겪기도 한다. 그리고 그는 서서히 자신의 목소리로 진실의 얼굴을 불러내려고 한다. 5년이 지나고 나서야 겨우 이 글을 부친다는 편지 말미에는 2019년이라고 적혀 있었다. 나는 2020년이 되어서야 이 편지를 빌미로 답장을 쓴다.

2015년 4월 16일, 나는 한 고등학교에서 문학 협력 교사로 일하고 있었다. 교실의 소란함 속에서 여기에 닿지 못한 얼굴들을 불현듯 떠올리며 침울해하던 날이었을까. 아이들과 조금은 의미 있는 시간을 보내고 싶다가도 조심스러웠다. 며칠 후 작가들이 매달 꾸리는 세월호 304낭독회에 낭독자로 가기로 해서, 아이들의 문장을 받아 대신 읽고 싶었다. 혹시 세월호와 관련하여 짧게나마 하고 싶은 말이 있다면 쪽지로 적어달라고 부탁했다. 무거워진 분위기 뒤로 쉬는 시간마다 수줍은 얼굴을 한 아이들이 각자 가진 귀엽고 앙증맞은 포스트잇을 내밀었다. 나는 집에 가는 버스 안에서 그 문장들을 읽으며 기나긴 슬픔을 지나고 있었다. 차창 밖의 한강에는 빛들이 부서져 출렁거리고 있었다. 혼자 지나고 있는 것이 아니란 사실이 위안이 되었다. 기억하겠다는 그 작고 단단한 다짐들을 낭독회에 가서 읽었다. 가방에 달린 노란 리본처럼, 내 등에 업혀 아직 다 못 가본 곳에 함께 가자는 문장이 있었다. 눈물은 마르지만 기억은 마르지 않는다는 말도 있었다. 나는 어린 친구들의 문장을 빌려 겨우 그 시간에 불을 켜둘 수 있게 되었다. 어두워지려고 할 때마다 이 장면들을 떠올리곤 한다.

"고통받지 않으려고 보내는 시간은 불행의 시간보다 헛되다. 사랑을 더 잘하는 사람에게 그건 서툰 시간이다." 조르주 바타유의 문장을 어딘가에 깊게 심어두었다. 누군가는 아직도 그 기억이 유효하냐고 물을 것이고, 누군가는 끝난 일이라고 생각할 것이다. 이 슬픔에 기꺼이 동참하며 아픈 기억을 꺼내보는 것은, 그 슬픔의 원본이 내 마음에 견줄 수 없을 만큼 커다란 것이기 때문이다. 시간에 대한 정의는 그 사람만의 고유한 양식이기 때문이다. 생각만으로, 돌이킴만으로도 아플 수 있는 이 사실을 더 가깝게, 거의 자신의 것으로 간직하고 있는 사람들이 있다. 누군가 애써 고통을 외면하는 일로, 진실을 망각하는 일로 그 슬픔

서윤후

을 닦아내는 동안에도 묵묵히 슬픔의 자리를 지키고 서 있는 사람들이 있다. 이 슬픔을 돌보는 일은 사랑을 위한 일이다. 어쩌면 사랑이 있었기에 가능한 일이다. 우리가 지켜내야 했던 다른 정면을 지닌 일이다. 슬픔의 기억력이 좋아질수록 훗날, 이 슬픔을 그대로 물려주지 않게 된다는 것을 알게 되었다. 온 마음을 다해 이 슬픔을 여과하는 시간에는 모두가 살아 있는 것과 다름없다고 생각하게 되었다.

진실이 기억하는 느린 진심은 어떻게든 돌아오게 되어 있다. 우리는 떠나간 것들이 다시 돌아올 수 있도록 그 자리를 지켜낸다. 삶의 반복 속에 닳아가듯 지쳐갈 때에도 이런 슬픔은 페달을 밟는다. 슬픔을 깊은 곳에 감추느라 시를 쓰기 시작했는데, 슬픔이 열쇠가 되는 시가 되었고, 잠겨 있는 것들을 향해 슬픔을 짤랑이게 되었다. 함께 슬퍼할 수 있는 날의 작은 곁이 있다면 언제나 만나고 있다는 생각으로, 그런 믿음으로부터 많은 작가들이 아직도 매달 세월호 낭독회를 꾸리고, 거리의 사람들이 멘 가방에는 노란 리본이 달려 있다. 무언가를 꺼내고 넣을 때마다 손에 쥘 수 있도록, 작은 지퍼에 매달린 채 우리는 잠깐 각박한 세상에 다녀오기도 한다. 손에 닿을 높이에 놓인 슬픔을 곁에 두고 그리 멀리 가지는 않는 것이다.

온전히 다 기억할 수 없을 만큼 덩치가 큰 슬픔도 있다. 스스로 문단속해야 하는 슬픔도, 슬픔이 결코 떠나지 않는 슬픔의 자리도 있다. 우리의 기억력은 이 슬픔에 지지 않으려고 각자의 방식으로 발명된다. 무심코 지나치는 무수한 날들 속에서 어떤 날은 주저앉아 울고, 어떤 날엔 작은 행복을 느끼며 남은 미래를 내걸기도 한다. 그날 이후로 나는 이 모든 것들이 기적의 배웅을 받는 일처럼 느껴진다. 매일 결별하며 과거로 배달되는 날들 가운데, 슬픔이 희미해지지 않도록 늘 얼룩을 보살피는 일들이 남아 있는 사람의 할 일처럼 여겨진다.

내가 읽은 노란 봉투 속 편지의 화자는 말미에 이렇게 이야기한다. "만약 이 글을 읽는 당신이 어둠에 익숙하다면 빛을 따라 나올 필요가 있다. 적어도 편한 어둠과 불편한 빛 사이에서 고민해 봐야 한다는 말이다." 진실의 부싯돌은 아주 가까이에 있고, 그것으로부터 진실이 가까워지면 가까워질수록 우리의 기억력은 작아지지 않는다. 슬픔이 내몰린 강은 수심이 깊고 어둡지만, 진실을 깨닫게 된 슬픔은 수면 위로 맑은 하늘을 본떠 우리에게 풍경을 선사한다. 우리 모두에게 이미 주어졌던 것, 그러나 아무나 간직할 수도 없는 것. 내가 이 세계에 돌려줘야 할 투명한 슬픔이란 그런 곳에서 태어난다.

이 글은 어느 날 우연히 편지 가게에서 들고 나온 노란 봉투 속 편지에 대한 답장이다. 이런 우연이 침묵을 배회하던 마음 하나를 덜컥 깨웠고, 나는 잠들어 있던 말들을 하

서윤후

게 되었다. 어둠을 씻어내니 더 큰 어둠이 도사리고 있었다. 그러나 불편한 빛으로 비추는 곳엔 아직 꺼뜨리지 않은 많은 빛들이 모여 있었고, 그곳에 있으니 어둠은 더 이상 두렵지 않았다. 우리의 기억력으로, 우리가 느끼는 슬픔으로 진실 없는 어둠의 칭얼거림을 달래볼 수 있을 것 같았기 때문이다.

서윤후

시인.『현대시』로 등단해 제19회 박인환문학상을 받았다. 시집『무한한 밤 홀로 미러볼 켜네』,『어느 누구의 모든 동생』, 산문집『쓰기 일기』,『그만두길 잘한 것들의 목록』등을 썼다.

이 랑

2020
7
16

　　저는 요즘 귀여운 해달이 주인공인 『보노보노』라는 만
화를 그리는 작가님과 편지를 주고받고 있습니다. 일본에
서 86년에 데뷔한 보노보노를 지금까지도 꾸준히 그리고
있는 분입니다. 그러고 보니 보노보노는 저와 동갑이네요.
그렇게 저도 보노보노도 각자 한국과 일본에서 35년째 살
고 있습니다. 얼마 전 받은 편지에서 작가님은 자신이 그리
기를 멈추는 순간, 보노보노와 친구들이 죽게 되는 것 같다
고 썼습니다. 그래서 이렇게 30년 넘게 작품을 계속 이어가
고 있고, 혹 출판사에서 연재를 중단한다고 해도 온라인에
서 혼자 묵묵히 그려나갈 것 같다고 했습니다.

　　자신이 만든 캐릭터와의 이별도 이처럼 어려운데 좋
아하던, 사랑하던 사람과의 이별은 더 말할 것도 없겠지요.

이 랑

저도 여러 번 이별을 경험했습니다. 무서운 이별도, 평화로운 이별도, 괴로운 이별도 있었지만, 무엇보다 원하지 않는 이별이 가장 오랫동안 기억에 남는 것 같습니다. 이별 당사자 그 누구도 원하지 않는 상황에서 생긴 갑작스러운 이별에 대해 어떻게 기억하면 좋을까요.

이십대에 음악가로 활동을 시작한 뒤, 해외 몇 곳에서 공연을 할 기회가 있었습니다. 성인이 되기 전에는 한 번도 해외에 나가본 일이 없었기에 머릿속으로 상상만 했던 곳에 다다르는 것은 즐겁고 설레는 일이었습니다. 공연을 하지 않는 날에는 자유롭게 시간을 보냈습니다. 짧게는 며칠, 길게는 몇 주를 머물면서 어디를 가고, 무엇을 해야 할지 몰라 그곳에서 만난 친구들에게 도움을 청하곤 했습니다. 그럴 때 친구들은 '갑작스러운 이별'을 기억하는 공간에 저를 데려가 주었습니다. 공연을 하러 멀리 비행기를 타고 도착한 이 나라, 이 도시에서 일어난 가장 큰 재난과 인명 피해를 기억하는 곳들이었습니다. 이곳에서 살아가는 사람들이 그 일을 어떻게 기억하고 있는지. 새로운 나라에서 만난 새로운 친구들은 하나하나 이야기해 주었습니다.

지진과 쓰나미가 닥쳤던 곳. 폭탄이 떨어졌던 곳. 전쟁과 학살이 있었던 곳. 그런 곳마다 '박물관' 혹은 '기념관'이라고 이름 붙여진 공간이 있었습니다. 모든 것이 순식간에 쓸려나가 허허벌판이 되어버린, 이제는 넓디넓은 들판만 남은 지역을 높은 곳에서 바라볼 수 있는 전망대에 올라갔습니다. 부서지다 만, 오래된 건물 주변을 빙빙 돌았습니다. 수많은 이름이 쓰여 있는 커다란 벽 앞에 서기도 했습니다. 미로처럼 복잡한 공동묘지에서 만나본 적 없는 이름들을 소리 내 읽었습니다. 한순간 재가 되어 사라진 사람들이 마지막에 입고 있던 옷과 가방 속 소지품들을 전시해 놓은 곳은 아주 어두웠습니다. 찾아가는 곳마다 무척 조용했고, 다양한 곳에서 찾아온 사람들의 한숨과 훌쩍이는 소리들만 간간이 들려왔습니다. 공연을 하기 전, 이곳에 어떤 기억을 가진 사람들이 살고 있는지 알려준 현지 친구들에게 무척 고마웠습니다.

몇 년 전에 겪은 친구와의 갑작스러운 이별 후, 제게 가장 위로가 되었던 말은 제 상담사 선생님께서 해주신 것이었습니다.

"네가 그 친구를 계속 기억하면 된단다."

그 말을 들은 뒤, 갑자기 떠난 친구를 오래오래 기억하는 것으로 그와 함께 살고 있다고 생각하게 되었습니다. 만날 약속을 잡을 수 없고, 전화를 할 수 없고, 웃음소리를 들을 수 없지만, 그와 함께했던 여러 가지 기억을 꾸준히 기억하고 다시 기억합니다. 더 자주 기억하기 위해 책장에 그가 읽다 만 책을 꽂아두고, 옷걸이에는 그가 생전에 즐겨

이 랑

입던 청자켓을 걸어두었습니다. 날씨가 더워지면 쭉 걸어두고, 날씨가 선선해지면 꺼내 입으며 그의 기억과 함께 외출합니다. 여전히 남아 있는 그의 SNS 계정에 들어가 사진을 보고, 내가 기억하는 얼굴이 맞는지 다시 확인합니다. 그를 함께 기억하는 친구와 대화를 나누다 그와 마지막에 나눈 문자가 무엇이었는지 서로 이야기한 날이 있습니다. 제가 그에게 보낸 마지막 문자는 "콜라 사와"였고, 친구가 그에게 보낸 마지막 문자는 "렛츠 파티"였습니다. 우리들은 이 사소한 네 글자를 몇 년째 기억하고 있고, 앞으로도 계속 그럴 것 같습니다.

다른 분들은 어떻게 갑작스러운 이별을 기억하고 있는지 궁금합니다. 서로의 기억하는 방식과 이야기를 차곡차곡 모아 기억관을 만들고 그곳에 오래오래 기억을 남길 수 있으면 좋겠습니다. 저처럼 해외에서 공연을 하러 온 친구를 만나면 그 기억관에 데려가고 싶습니다. 함께 기억하고 그 기억들을 전달하면서 살아가고 싶습니다. 어쩌면 인간 삶의 목적은 그것인지도 모르겠다는 생각이 듭니다.

영상과 음악을 만들고, 글을 쓰는 창작자. 정규 앨범 『욘욘슨』, 『신의 놀이』, 『늑대가 나타났다』를 발표했다. 『오리 이름 정하기』, 『대체 뭐 하자는 인간이지 싶었다』, 『좋아서 하는 일에도 돈은 필요합니다』 등을 썼다. '이랑'은 본명이다.

오은

2020
8
16

언제쯤 마음 편히 웃을 수 있을까요?

그들이 한데 모여 있었다 바닷가에 있었다

바닷가는 바다가 아니어서 먼발치에서 발만 동동 구를 수밖에 없었다 바닷가는 바닷속이 아니어서 겉을 서성이며 속만 끓일 수밖에 없었다 뾰족한 수가 없어 마냥 기다릴 수밖에 없었다 '마냥'은 끝나지 않았다 기다림은 기다릴 때까지 기다린다

그들이 그들을 찾았다 밤낮 없는 상태가 계속되었다

그것이 있었다 그것이 있다는 믿음이 있었다 어제는

없었지만 오늘은 있을 수도 있었다 내일은 반드시 있을 거였다 모레가 되었을 때 조금 늦는다고 생각했다 글피가 다가왔을 때 낯빛은 몰라보게 어두워졌다 글피 다음 날도 있었다 그글피라고 했다 매일이 오늘이었지만 어제 같았다 그제 같다가 그끄제 같기도 했다 내일과 한 뼘씩 멀어지고 있었다

몇 밤만 더 자면 한 살을 더 먹을 수 있어요?

어린 시절에만 튀어나오던 질문이 매일 밤 기지개를 켰다 몇 밤을 더 자면 네가 돌아올까 몇 밤을 더 자면 꿈속에 네가 나타날까 몇 밤을 더 자면 아무렇지 않게 웃을 수 있을까 질문은 나이를 먹지 않았다 아이는 자라 어른이 되지만, 아이를 낳고 어른으로 기른 부모는 여전히 아이를 키운다 아이와 함께라면 뜬눈으로 몇 밤이고 보낼 수 있을 것 같다

기억은 힘이 세다 세간에 떠도는 이야기가 내밀힘이나 쥘힘, 견딜힘이 되는 동안, 어떤 기억은 고스란히 안간힘이 되었다

보이지 않아서 답답한 것과 보이지 않아도 선명한 것이 있었다 들리지 않아서 애석한 것과 들리지 않아도 생생

한 것이 있었다 그들이 그들을 기다렸다 속수무책으로 손을 내밀었다 내민 손이 무안할 때가 많았다 자다가도 허공에 불쑥 손을 뻗었다 밥을 먹다가도 손을 떨어뜨렸다 숟가락이나 젓가락이 된 손들이 짝을 찾아 반짝였다 그날 밤에는 꼭 비가 내렸다

나는 커서 내가 될 거예요

좋아하던 음식이 있었지 좋아하던 노래가 어찌나 자주 바뀌었는지 몰라 변덕 부리듯 좋아하던 노래를 더 이상 좋아하지 않는다고도 했어 좋아하던 색깔은 한결같았지 애써 좋아하던 것들을 떠올렸다 좋아하던 것들이 못다 전한 속사정처럼 속속들이 떠올랐다 도리머리를 흔들며 '좋아하던'을 '좋아하는'으로 바꾸었다 앉으나 서나, 작으나 크나, 아이일 때나 어른일 때나 너는 너다 기다리는 사람에게 시간은 천천히 흐른다

좋아하는 사람보다 좋은 사람이 곁에 많았으면 좋겠어요

해와 달과 별처럼 그것이 있었다 소나기처럼 쏟아붓거나 장마처럼 길어지더라도 그것은 젖지 않았다 그들에게는 그것이 우산이었다 장화였다 버팀돌이었다 그것이 있어서

오은

내일 다음에 모레가, 모레 다음에 글피가 찾아왔다 바깥세상은 수순을 밟았지만

걸음은 쉽게 떨어지지 않았다 밤이 되면 그림자가 길어졌다 미련을 끌고 골목골목을 걸어 다녔다 고이거나 흘러넘치는 것이 있는 곳은 모두 여기가 되었다 도처에 요철(凹凸)이 있었다 오목한 곳에는 기억이 고이고 볼록한 곳에는 그리움이 흘러넘쳤다 고인 것을 건져내고 흘러넘친 것을 주워 담으면 겨우 아침이 왔다

그것이 있어서 그들은 살 수 있었다 살아갈 수 있었다 그들이 있어서 그것은 남을 수 있었다 살아남을 수 있었다 '결국'을 '마침내'로 바꾸었을 때 비가 그쳤다 구름 뒤에 가려져 있던 기억이 말개진 얼굴을 내밀었다

오은

시인. 시집 『없음의 대명사』, 『나는 이름이 있었다』, 『왼손은 마음이 아파』, 『유에서 유』, 『우리는 분위기를 사랑해』, 『호텔 타셀의 돼지들』, 청소년 시집 『마음의 일』, 산문집 『다독임』, 『너랑 나랑 노랑』 등을 썼다.

그것

단
단
해
지
는

마
음

2020
9
16

안녕하세요. 자기소개 부탁드릴게요.

안녕하세요. 저는 1992년에 태어나 살아가고 있는 이슬아입니다. 작가이며 헤엄 출판사 대표로 일하고 있습니다.

매일 한 편의 글을 메일로 보내는 〈일간 이슬아〉를 연재하는 것으로 유명하신데요. 세월호 참사나 비건, 윤리 등과 같은 주제를 다루면, 구독자가 줄어드는 것이 눈에 보인다는 기사를 읽어본 적이 있어요.

〈일간 이슬아〉를 처음 연재했을 때는 자신에 대한 이야기를 많이 했던 것 같아요. 저랑 제가 사랑하는 가까운 사람들에 대해서요. 그런데 계속 글을 쓰다 보니 시선이 멀리멀리 확장되게 되더라고요. 이를테면 사랑하는 사람들을 생각할수록, 세월호 참사가 어떤 일이었는지를 더 실감하게 되는 것이죠. 사랑이 무엇인지를 아니까요. 내 이야기만 하지 않고. 내가 바라보고 주목하는 사람들에 대해서 이야기해야겠다고 생각했죠. 세월호 참사와 재난 후 유가족들에 대한 이야기, 동물권, 사회적 윤리 등 이런 이야기들에 대해서요.

〈일간 이슬아〉 초기의 재밌고 달달한 연애 이야기를 좋아하시는 분들이 많았어요. 그러나 저는 변화무쌍한 인간이고 제 화두도 계속해서 움직일 수밖에 없죠. 그때그때 중요하다고 느끼는 이야기에 집중했던 것 같아요. 작년 4월 즈음에 세월호 이야기를 두 번 정도 썼을 거예요. 그러니까 독자님들에게 답변이 오더라고요. 왜 세월호 이야기를 이렇게 많이 하냐. 왜 작년에는 재밌는 글 쓰더니 이제는 정치적인 글 쓰냐. 이렇게요. 1년 치로 따져보면 모두 합쳐봐야 세 번 정도? 제가 이만큼 쓴 것에 대해서도 이런 말을 듣는데, 유가족분들은 지금까지 어땠을까, 그런 생각이 가장 먼저 들더라고요.

6년이란 시간 동안 얼마나 다양한 말들을 들어왔을지 가늠하기조차 어려울 것 같아요.

맞아요. 나 정도도 이렇게 이야기를 듣는데 얼마나 힘드셨을까, 했어요. 마음이 많이 아팠죠. 사실 제가 연애 이야기를 쓰더라도 그건 정치적일 수밖에 없다고 생각해요.

정치랑 무관한 이야기는 없으니까요. 어느 당을 지지하고 어떤 정치가를 이야기하는 것만이 정치는 아니잖아요. 생활도 정치를 기반으로 흘러가니까요. 그래서 저는 늘 정치적인 이야기에 대해서 써왔다고 말하고 싶어요.

요즘도 특정 글이나 이슈로 인하여 구독자가 줄어들기도 하나요?

〈일간 이슬아〉의 전체 구독자 수는 계속 상승해 왔는데요. 어떤 이야기를 연재하느냐에 따라 일부 구독자님들이 '슈욱' 빠져나가기도 해요. 반대로 어떤 층은 더 견고해지기도 하고요. 세월호 참사와 유가족의 이야기. 그런 이야기로 더 단단해지는 구독자 층도 있고 그렇습니다.

오히려 단단해질 수 있다는 생각은 못 해봤는데 신기해요.

맞아요. 생각보다 다들 같은 마음이기도 하다고 느꼈습니다.

올해 4월 15일에 4I6합창단 이야기를 담은 『노래를 불러서 네가 온다면』(4I6합창단 지음, 김훈·김애란 글, 문학동네 2020)에 대한 이야기를 연재하셨어요.

『노래를 불러서 네가 온다면』이라는 책이 만들어지고 있다는 소식을 조금 이르게 알고 있었어요. 저랑 책을 함께 만든 이연실 편집자님이 새로 작업하신 책이라서요. 그런데 세월호 참사와 관련한 책은 읽기 전에 조금 마음의 준비가 필요하잖아요? 아무래도 슬플 것 같으니까요.

　맞아요, 그래서 피하게 되는 경향도 있는 것 같아요.
　그렇죠. 그런데 내가 슬프기 싫어서 안 보는 마음이 얼마나 알량한 것인지 제 친구 요조의 글을 읽고 다시 생각했던 것 같아요. 내 마음 아플까 봐 못 보겠다, 이 말이 얼마나…. 그것을 감당하고 맞서서 살아가는 사람들 앞에서는 진짜 얼마나…, 작고 좁은 마음인지 알겠더라고요. 책이 출간되자마자 읽었는데, 생각했던 것보다 더 많이 놀라고 감탄했어요. 유가족분들의 용기에 대해서요. 그리고 제가 히어로물 같다고도 썼는데요.

　히어로물이라는 표현이 되게 인상 깊었어요.
　이 책 편집자님이 하셨던 말씀이에요. 히어로들을 만나고 있는 것 같았다고요. 이 책의 장르가 히어로물일지도 모르겠다고 생각한 건 그래서예요. 어떤 사람들이 어마어마한 슬픔을 뚫고 가는 이야기, 그리고 슬픔을 빛으로 만드는 이야기라고 느꼈어요. 이 일이 반복되지 않기를 진심으로 바라며 혼신의 힘을 다하는 사람들이라고 생각했어요. 그 사람들이 노래라는 매개로 모인다는 것이 감동적이고요. 책에서 서로 간식을 많이 챙겨 드시며 웃기도 하시는 사소한 모습들이 너무 좋았어요. 웃는 모습을 쓰는 것 자체도 조심스러웠다는 것을 나중에 전해 듣고 마음이 너무 아팠고요.

아직까지도 어디서 웃는다거나 하는 것이 조심스럽다는 이야기를 들었어요. 그게 얼마나 마음이 아픈지….

책을 읽고 여러모로 마음이 아팠지만 제가 〈일간 이슬아〉에 그 책에 대해 쓰고 어떤 일이 일어났냐면요. 책이 많이 팔렸으면 좋겠다는 마음으로 열 분께 직접 선물하겠다고 덧붙였거든요. 열 분의 신청은 금방 끝났는데, 자기도 열 분께 선물하고 싶다고 말씀하신 분들이 많았어요. 저에게 일을 맡기지 않고, 알아서 주변에 선물하겠다는 분들도 있었고요.

아까 오히려 단단해질 수 있다고 이야기하셨는데, 이러한 일들에서 그런 것들이 느껴지는 것 같아요.

너무 감동적인 일들이죠.

작년에는 세월호 참사 유가족의 여정을 담은 철학서 『속지 않는 자들이 방황한다』(백상현 글, 위고 2017)를 읽고 「미래의 정의」(『새 마음으로』, 이슬아 글, 헤엄 출판사 2019)라는 에세이도 쓰셨는데요.

『속지 않는 자들이 방황한다』라는 책의 부제는 '세월

호에 대한 철학의 헌정'이에요. 그 책을 읽고, 세월호 주기 때 이 책에 대해서 써야겠다고 생각했어요. 왜냐하면 유가족의 슬픔이 어째서 이토록 의미 있고 쓸모가 있는지, 심지어 우리가 그 슬픔에 기대어 살아가고 있다는 사실에 대해 말하는 책이거든요.

유가족의 슬픔에 대해 알리고 싶어서 쓰셨던 거네요.
맞아요. 유가족의 슬픔이 이렇게 귀하다는 것을 알리고 싶었어요. 유가족들이 지치지 않고 계속해서, 슬픔의 힘으로 무언가를 하고 계신 것이 너무 귀하고 감사해서요. 우리가 할 수 있는 것을 최대한 도와야 한다고 생각했기 때문이에요.

작가님은 슬픔이 찾아왔을 때 어떻게 대처하시나요?
슬프면 울어요. 울보라서요. 눈물을 미루거나 참을 수 있는 사람도 있을 텐데 저는 아닌 것 같아요. 그렇지만 제가 제 이야기로 슬퍼서 운 경험은 최근에 드물었던 것 같고, 다른 사람 때문에 운 적이 몇 번 있었던 것 같아요. 그럴 때는 별수 없이 슬퍼하죠.

『노래를 불러서 네가 온다면』에 대해 "슬픔으로도 연결될 당신들에게 감사한 마음을 전한다."라고 쓰신 문장이 오랫동안 기억났어요. 「미래의 정의」에서 "우리는 동시대에 실시간으로 이 참사를 목격한 자들이야."라는 문장도 비슷한 맥락으로 떠오르고요.

기쁨으로 연결되는 것만큼이나 슬픔으로 연결되는 관계도 강하다고 생각해요. 우리 모두 다른 사람들이지만, 우리 모두 이것을 봤잖아요. 얼마나 말도 안 되는 일인지. 심지어 거의 실시간으로 봤잖아요. 우리가 직업이 다르고 지지하는 정당이 다르더라도, 그런 것들을 훨씬 뛰어넘는 커다란 사건이었기 때문에. 뭔가 말을 건네고 요청하는 문장이었던 것 같아요. 같이 다시 들여다보자고. 그런 마음을 담아서 썼던 것 같은데요. 저도 까먹고 있다가 말씀해 주셔서 기억이 났어요.

여수에서 아이들과, 세월호 참사 희생자 304명의 이름으로만 전문이 채워진 칼럼을 낭독한 경험에 대해서 쓰신 글도 기억나요.

글쓰기 수업을 듣는 여수 아이들에 대해 말하면서 이야기를 시작했었는데요. 얘는 참 이렇고, 쟤는 참 저렇고, 우리 수업은 또 어떻고, 그런 이야기에서 참사로 희생된 아이들의 이름을 부르는 장면으로 넘어가요. 독자분들은 실제로 살아 있는 너무 생생하고 귀엽고 예쁜 아이들을 읽다가, 갑자기 이제는 죽었다는 것을 모두가 아는 아이들의 이야기로 넘어가 버리니까. 놀라셨을 거라고 생각해요. 그런데 놀라는 동시에 바로 이렇게 연결되었을 것 같습니다. 지금 이렇게 살아 있고 생생한 여수의 아이들과 똑같이 귀한 304명이, 있었다.

그 칼럼은 이명수 선생님의 칼럼이었는데요. 그 칼럼을 처음 읽었을 때 울림이 엄청나게 컸어요. 왜냐하면 칼럼 전체가 아이들 이름으로만 채워져 있고, 그 지면이 다 채워질 정도로 많았다는 것이 너무…. 그런 칼럼은 처음 봤으니까요. 앞으로도 없기를 바라고요.

세월호 참사와 관련한 다큐멘터리도 많잖아요. 영상을 보여주는 것이 아니라 그 칼럼을 낭독하신 이유를 들어보고 싶어요.

세월호 참사를 재현한 다큐멘터리를 아이들이랑 보는 것이 윤리적으로 옳은가에 대한 고민을 많이 했어요. 배가 막 가라앉고 있는 장면을 교실에서 반복 재생해도 되는가에 대해서요. 그런데 칼럼을 읽는 것은 할 수 있겠다는 생각이 들더라고요. 왜냐하면 그저 이름을 읽는 것이니까요. 실제로 아이들이랑 돌아가면서 읽었는데 정말 오랫동안 읽었어요. 읽다가 어떤 아이는 울음을 터트리기도 하고, 어떤 아이는 울지는 않았지만, 너무 이상한 기분에 휩싸이기도 하고. 저는 엄청 참담했죠. 아이들도 참담했을 거라고 생각해요. 그 이름 하나하나가 우주라고 말하면서 칼럼이 끝나는데요. 그걸 같이 읽은 게 참 기억에 남아요.

저한테도 그 칼럼을 읽었을 때 전달된 울림이 아직도 남아 있는 것 같아요.

최근 그 경험에 대해서 떠올릴 만한 일이 있었어요. 단원고에 강연을 갔거든요. 요즘에는 〈일간 이슬아〉를 연재하느라 너무 바빠서 거의 모든 강연 제안을 거절하고 있는데, 단원고에서 온 제안이라서 어떻게든 가야겠다고 생각했어요. 단원고에 조금 일찍 도착해서 운동장을 돌아보고 등나무 벤치에 앉아 있었어요. 마침 급식 시간이어서 급식은 빨리 먹은 애들은 나오고 있고, 누구는 아직 먹고 있고. 급식실 특유의 냄새가 있잖아요? (웃음) 되게 습한, 밥 짓는 냄새. 그걸 맡으면서 있었는데 너무 기분이 이상했어요. 제가 맡은 강연은 고등학교 2학년이 많이 듣는 강연이었어요. 아이들이 집중도 많이 해주고, 질문도 엄청 쏟아지고, 두 시간이 뜨거운 호응 속에 흘러가서 재밌었어요. 그런데 그걸 하고 나니까, 이런 아이들이었겠구나 싶더라고요.

이 정도 자랐고 키와 머리와 체구⋯. 딱 이맘때 아이들이었겠구나. 처음 실감하게 되었죠. 조금 다른 의미로 미치겠더라고요. 이름을 읽었을 때보다, 딱 그맘때 애들이 생생하게 움직이는 것을 가까이서 봤으니까요. 그때도 그 칼럼이 생각났어요.

작가님이 생각하시는 위로에 대해 들어볼 수 있을까요? 상상하기도 힘든 슬픔을 겪은 사람에게 어떤 위로를 건네야 할지 몰라서 아무것도 하지 못하는 경우도 있는 것 같아요.

세월호 참사 유가족분들과 팟캐스트를 만드셨던 정혜윤 피디님도 똑같은 말씀을 하셨어요. 처음 팟캐스트를 만들 때 유경근 선생님이랑 다 모이셨대요. 누구를 만나면 "안녕하세요." 하고 인사를 하잖아요. 그런데 그 말을 못 하겠더라는 거예요. 안녕 못 하실 것을 뻔히 아니까요.

안녕이라는 말에 의미에 대해서 생각하면 그럴 것 같아요.

맞아요. 안녕이라는 말부터 말문이 막히니까 도대체 무슨 말부터 해야 할지. 머리가 새하얗게 되는 경험을 하셨다고 들었어요. 저도 똑같을 것 같아요. 제가 감히 어떻게 위로를 하겠어요. 아무리 이해하려고 해도 그 슬픔을 다 이해할 수는 없다고 생각해요. 비슷하게 잃어보지 않았으니까요.

하지만 직접 겪지 않고 옆에서 목격한 사람들이 할 수 있는 일도 있다고 생각해요. 위로라는 말은 제게 너무 거창하고 불가능한 목표이고요. 적어도 지금 유가족분들이 이뤄내려고 하시는 진상규명. 반복되지 않게 하는 것. 세월호 참사를 계속 유효한 이슈로 만드는 것. 이런 일들은 다른 사람들이 도울 수 있으니까. 이런 것들이 위로의 씨앗이 될 수는 있다고 생각해요.

세월호 참사와 같은 거대한 것이 아닌 일상적인 위로에 대해서는요?

일단 충분히 들어줘야 하는 것 같아요. 잘 듣는 것이 얼마나 큰 위로인지 아니까요. 진짜 마음을 기울여서 듣기만 해도 좋을 것 같아요. 그리고 잘 듣는 것뿐만 아니라, 물어보지 않는 것도 좋은 위로라고 생각해요. 어떤 이야기는 반복해서 이야기하는 것이 너무 힘들 테니까요. 저는 주로 인터뷰어로 일하니까, 질문할 때 혹시 그런 실수를 하고 있지 않나 많이 생각해요. 위로는 오히려 되게 나중에 도달하고 싶은 목표이고 실수만 하지 않아도 다행인 것 같아요.

작가님의 말씀을 들으면서 생각해 보니까, 세월호 참사에 대해서도 잘 듣는 태도가 필요할 것 같아요. 먼저 앞서 나가 위로하려고 하기보다 마음을 기울여서 잘 듣는 것이요.

그럴지도 모르겠어요. 『노래를 불러서 네가 온다면』을 읽으면서 가족분들 서로가 위로 그 자체인 것 같다고도 생각했어요. 말하지 않아도 얼마나 아프고, 괴로울지 아는 사람들이 모여 있는 거니까요. 제가 하는 것은 위로에 속하지 못하는 것 같고, 그분들께서 주고받는 것이 위로라고 생각해요.

정혜윤 피디님을 인터뷰한 경험이 있으신데요. 그 경

36   이슬아 인터뷰

험이 작가님에게 어떤 영향을 주었나요?

되게 큰 영향을 받았어요. 원래 정혜윤 피디님의 글이 너무 아름답고 슬프고 영롱해서 (웃음) 좋아했어요. 책장에 정혜윤 칸이 있을 정도로 빅팬이었고요. 그런데 어느 순간부터 피디님이 집중하고 계신 일이 있는 것 같더라고요. 정신이 없어 보였어요. 그 무렵 한참 세월호 참사 유가족분들이랑 뭔가를 준비하고 계시더라고요. 저도 그것이 중요한 일이라는 것을 알았지만 그 일에 무언가를 보낼 수 있을 거라고 생각하지는 못했어요. 그때는 더 어리기도 했고요. 글도 훨씬 못 쓰고 돈도 없었죠. (웃음) 피디님을 보면서 내가 할 수 있는 일이 많지는 않겠지만 나도 하고 싶다, 먼지만큼이라도 보탬이 되고 싶다는 생각을 많이 했어요.

아까 슬픔에 대해서 물으셨잖아요? 저도 정혜윤 피디님을 인터뷰할 때 똑같이 여쭤봤어요. 너무 의미 있고 필요한 일이지만 이 이야기들 옆에 있으면 너무 슬프잖아요, 슬퍼서 그만 듣고 싶을 때는 없으셨나요, 하고요. 그런데 없었다고.

없었다고 (말씀) 하셨나요?

네, 없었다고 하셨어요. 왜냐하면 내가 슬프지 않은 게 가장 중요한 일은 아니다. 슬프면 울지만 그건 그렇게 중요한 일이 아니라고 말씀하셨던 것이 기억나요.

저도 제가 우는 것이 별로 중요하지 않다고 느낀 적이

몇 번 있어요. 예를 들어, 너무 가까운 이가 죽었을 때. 그러면 그 존재한테 미안했던 거랑 그 죽음에 얼마나 영향을 미쳤고 또 얼마나 책임이 있나. 그런 것을 생각하느라 제가 슬픈 것은 별로 중요하지 않더라고요. 물론 그동안 눈물이 계속 나긴 하죠. 하지만 그건 그렇게 중요한 일은 아니에요. 정혜윤 피디님의 말씀이 어떤 의미였는지 조금은 알 것 같아요.

이제 마지막 질문을 드리겠습니다. 세월호 참사와 관련한 도서나 영상을 포함하여, 좋았다고 말하면 조금 이상할까요? 음, 주변에 알리고 싶은 것이 있을까요?

아까 말씀드린 정혜윤 피디님이 만드신 〈세상 끝의 사랑〉이라는 팟캐스트를 추천해요. 세월호 참사 말고도 많은 재난참사에 대한 이야기를 다뤄요. 유경근 선생님이 진행하시고, 한국에서 일어났던 여러 재난참사의 실존 인물들이 나오셔서 귀한 이야기를 들려주세요. 너무 슬프고 좋은 방송이라고 생각해요. 또, 오늘 인터뷰에서 나왔던 책들을 계속 추천하고 싶어요. 『속지 않는 자들이 방황한다』와 『노래를 불러서 네가 온다면』이요.

오늘 시간 내주시고 소중한 이야기를 해주셔서 감사합니다.

감사합니다.

✽ 2020년 9월 4일, 4·16재단 이용호 기획자와 이슬아 작가가 나눈 대화를 글로 옮겼습니다.

이 슬 아

1992년 서울에서 태어났다. 잡지사 기자, 누드 모델, 글쓰기 교사 등으로 일했다. 다양한 장르를 넘나들며 글을 쓴다. 산문집『끝내주는 인생』,『날씨와 얼굴』,『나는 울 때마다 엄마 얼굴이 된다』,『일간 이슬아 수필집』, 인터뷰집『깨끗한 존경』, 서간집『우리 사이엔 오해가 있다』, 소설『가녀장의 시대』등을 썼다.

강혜빈

2020
10
16

　나는 평소에 물을 자주 마신다. 일어나서, 씻고 난 후에, 식사하기 전, 식사 중, 식사를 마치고 난 뒤, 그리고 때마다 종종, 잠들기 전까지. 아무런 맛도 나지 않는 맹물을 조금씩 나누어 마시는 것이다. 하지만 벌컥벌컥 들이켜는 일은 거의 없다. 그저 목을 축일 정도로만 마신다. 가끔은 컵에 따른 물을 물끄러미 본다. 자그마한 기포가 뽀그르르 피어오른다. 내 몸의 절반 이상은 물로 이루어져 있을 텐데, 지치지도 않고 더 많은 물을 필요로 한다는 사실이 이상하다. 나는 자주 물이 두렵고, 물을 보고 싶어 하는, 물에게서 도망치려 했지만 실패한, 물을 너무나도 사랑하는 사람이다.

강혜빈

그날 이후, 한동안 물 보는 것을 두려워했다. 지평선이 아름다운 바다라든지, 수영장의 투명한 하늘빛 물. 마치 연한 묵처럼 멈추어 있는 밤의 호숫가, 하얗게 얼어붙은 강물. 텔레비전에서 송출되는 물, 물속을 찍은 사진마저도. 또는 어딘가에 담겨 있는 물, 고여 있는 물, 세차게 흐르는 물, 솟아오르는 물…. 언제 어디서든 물을 마주하면 마음이 딱딱하게 굳어버렸다.

하지만 동시에, 나는 물을 바라보는 것을 지극히 좋아하는 사람이었다. 오랜 시간이 흐르고, 조금씩 슬픔이 걷히고, 침잠되어 있던 빛이 떠오를 때 나는 천천히 물을 바라보기로 결심했다. 기억하는 마음을 깊이 간직한 채, 내일의 방향을 따라가기로 했다. 어느 날에는, 아무 생각 없이 한 시간 동안 강물을 바라보고 있기도 했다. 그것은 버드나무가 이리저리 흔들리던 센강이기도, 산토리니의 고요한 수영장이기도, 감색 노을 지던 블타바강이기도, 이별한 사람이 떠오르는 한강이기도 했다.

물을 바라보고 있으면, 어떤 기억들이 저절로 딸려온다. 파도에 쓸려온 해초나 돌멩이처럼. 문득문득 의도치 않은 장면들이 툭, 던져진다. 그중 커다란 덩어리는 아빠의 것이다. 아빠와의 좋은 기억은 아주 어렸을 적으로 거슬러 올라가야만 한다. 조금 큰 이후에는 나쁜 기억밖에는 없고, 성인이 된 이후에는 따로 떨어져 살았기 때문에, 거의 없다.

내가 아이였을 때, 바닷가에서 몇 년을 지낸 적이 있다. 두꺼운 앨범을 펼쳐보면, 커다란 물안경을 쓴 아빠가 웃고 있다. 지금 내 나이쯤 되어 보이는 앳되고 흰 얼굴. 검은 머리카락. 커다란 북극곰 같은. 가지런한 이를 보이며. 조그만 나는 알록달록한 튜브 위에 누워 있다. 덜 조그만 나는 수영모자를 억지로 뒤집어쓰고 있다. 사진 속에서 그는 대부분 물속에 있다. 목말을 타고 높은 곳에서 내려다보는 파도는, 무섭고 아름다웠다.

영화 〈문라이트〉에서, 후안이 파도 속에서 샤이론의 몸을 지탱해 주는 장면이 오래 남는다. 그 영화를 보면서 나의 시 「등헤엄」을 떠올렸다. 그 시는 아픈 아빠를 생각하며 썼다. 오랜만에 만난 그에게 직접 보여준 시이기도 하다. 어릴 적 아빠에게 수영을 조금 배웠는데, 그는 이상하게도 배영만 가르쳐주었다. 어설픈 배영을 시도하기 전에, 우선 물에 뜨는 법을 먼저 배웠다. 구름 한 점 없는 하늘을 보며 물 위에 누워 있으면, 나라는 사람이 한없이 작아지는 기분이었다. 몸의 힘을 빼는 일. 물의 선함을 믿는 일. 무엇보다 어려운 일이라고 느낀다.

작년 어느 날, 사랑하는 사람이 수영을 알려주었다. 실제로 물속에 온몸을 뉘일 때까지 어떤 다짐이 필요했다. 그 사람이 프로 수영강사라는 점이 마음을 조금 놓게 했지만,

강혜빈

막상 물을 마주하니 숨이 탁 막혔다. 나는 숨을 크게 쉬고, 용기 내어 물속으로 한 발자국을 뗐다.

"난 너무 많이 울어서 어쩔 땐 눈물로 변해버릴 것 같아."
— 영화 〈문라이트〉 대사 중에서

304낭독회에 처음 간 것은 2015년 봄이었다. 대학에 다닐 때부터 대략 여섯 번의 낭독과 두 번의 일꾼을 했다. 그동안 어떤 것들은 바깥으로 드러났고, 어떤 것들은 여전히 가려져 있었다. 매번 노란 소책자를 가방에 구겨지지 않게 넣으면서, 눈물을 어디에 두고 나와야 할지 모르겠다는 생각이 들었다. 함께 말하고, 기억하고, 걸어가는 일. 마음 한구석에 꼭 안고, 어떤 기도처럼 되새겼다. 늘 4월 16일이었다. 어느 날에는, 연희에서 낭독했다. 십대 시절, 일찍 떠난 친구를 떠올리며 쓴 시였다. 나무와 햇빛들이 함께 흔들리고 있었다. 내 차례에 새들이 크게 울어서 목소리가 작게 느껴졌다. 새들이 이상할 만큼 오래오래 울었다.

나도 새처럼 울고 싶다. 사실은 웃고 있는지도 모른다. 아니, 어쩌면 그저 중얼거리고 있는지도. 나는 너무 많은 눈물을 흘렸다고 생각했는데, 여전히 새로운 눈물은 만들어진다. 너무 아픈 이별과 너무 아픈 기억들은 별일 없이 사는 사람처럼 잊고 지내는 척하는데, 사실은 아무것도 잊지 못했다. 앞으로도 잊지 못할 것이고, 잊지 않을 것이다. 다만 천천히 삶의 아름다움도 발견하게 될 것이다. 밥을 잘 먹고, 잠을 잘 자고, 아무 생각 없이 웃기도 하고, 누군가를 사랑하면서. 스스로 살아 있는 사람인 것이 죄스럽게 느껴질 때. 다만 당신의 이름을 부르고, 당신을 그리워할 것이다. 누군가를 끝내 기억하는 일에는 중력보다 커다란 힘이 있다고, 나는 믿는다.

　바람이 아침저녁으로 조금씩 차가워지고 손등이 건조해지는 것을 보니 또다시 가을이다. 건강을 위해 운동을 시작한 이후, 달력에 노란 동그라미 스티커를 붙인다. 운동을 하지 못한 날은 비워둔다. 거실 바닥에 요가 매트를 깔아놓고, 스트레칭을 하고, 플랭크와 스쿼트를 한다. 고작 내 몸의 무게를 버텨내는 것이 이다지 힘겨운 일이었다니, 여실히 느끼면서. 그리고 달력을 보고 알았다. 곧 아빠의 기일이 다가온다는 것을. 이렇게 사람의 기억은 무섭다. 너무 많이 울고, 너무 많이 슬펐던 작년 이맘때. 다시 선명해지는 어떤 축축함들. 그러나 나는 숨을 크게 들이쉬고, 나만의 방식으로 그를 애도해야지. 아무도 모르게, 당신을 매일 기억하고 있다고, 사실은 많이 사랑한다고 말해주어야지. 꿈에서라도 건강한 얼굴로 만날 수 있어 다행이라고.

　　　　　　　　　　　　　　　　　　　　강혜빈

나는 밀려드는 세계를 박차고 나아갈 것이다. 내 안에 남아 있는 지느러미를 다 쓰게 될 때까지.

강혜빈

시인. 사진가 '파란피paranpee'. 빛과 컬러를 중심으로 경계를 넘나드는 이미지를 발명하고 있다. 2016년『문학과사회』신인문학상을 수상하며 작품 활동을 시작했다. 시집『미래는 허밍을 한다』,『밤의 팔레트』, 산문집『어느 날 갑자기 다정하게』등을 썼다.

정 세 랑

2020

11

16

　매년 4월 16일이 되면 애도의 마음이 무거운 추처럼 가슴 위에 놓인다. 4월이 아니라도, 우연히 쳐다본 시계의 4시 16분마저 잠시 숨을 들이켜게 한다고 말하는 이도 있다. 세월호의 승객들이 마땅히 살았어야 했던 시간을 한 해 한 해 가늠하는 사람들의 표정을 안다. 그런 얼굴들을 자주 마주쳐서, 지금쯤이면 세월호 참사에 대한 모든 진실이 밝혀지고 제대로 된 기억을 공유할 수 있을 줄 알았는데 현 상황은 그것과 멀다. 당황스러울 정도로 밝혀진 것이 없고, 밝히려는 사람들에 대한 방해만 교묘해질 뿐이다. 조작된 정보들과 벽 같은 제약들 때문에 얼마 전에도 유족분들이 진상규명 농성을 해야 했다. 필요한 자료들이 6년 반이 지나도록 도착하지 않았다니 그것을 어떻게 받아들여야 할

46

까? 지켜지지 않은 약속들을 세다가 손가락이 모자라진다. 불응으로 기억을 훼손하고 있는 이들은 누구인지, 어떤 의도를 가지고 있는지 다시금 살피게 된다. 우리가 꼭 가져야 할 공동체의 기억이 우리에게 오지 못한 채 어딘가에 억류되어 있고, 그 지연의 여파가 어디까지 미칠지 아득하다.

이전까지 나는 기억에 '굳히기' 과정이 필요하다는 것을 알지 못했다. 세월호 참사에 대한 기억에 차마 그런 과정이 필요하리라 떠올릴 수 없었다. 제대로, 맞는 형태로, 단단히 굳는 것을 지키고 서서 바라보아야 한다는 것을 이제야 안다. 한 사람 한 사람의 추측들, 그것이 겹치며 그려지는 대략의 상 정도로는 불충분하다. 합당한 추측이라 해도 사적 영역에 머물러서는 부족하다. 공적인 발화자가 명명백백히 밝혀진 진실을 말하고 기록해야 한다. 이 공공의 기억을 확립하지 못하고서는, 우리 사회는 앞으로 나갈 수 없다. 훼손된 기억 때문에 나락으로 자꾸 미끄러지는 공동체들의 사례는 예나 지금이나 얼마든지 찾을 수 있기에, 세월호에 대한 기억이 그렇게 되는 것을 온 방면으로 막아야 한다. 당연히 일어나야 할 일이 일어나지 않는 것에 대한 처참함을 이겨내고 아직 고정되지 않은 기억의 울타리가 될 시민들이 필요하다. 고의적으로 혼란을 일으키려는 자들을 막아서는 방어선이 견고하기를 기도한다. 분명하게 굳어 누구도 함부로 왜곡하거나 오염시킬 수 없는 기억,

설령 지금 살아 있는 사람 전부가 세상을 떠도 그대로 남아 변질되지 않을 기억이 간절하다. 입에 담기도 싫은 음모론자들의 허언과 달리, 세월호 참사의 유족들이 처음부터 지금까지 바라온 것은 바로 그 기억일 것이다. 지진에도 무너지지 않을 탑과 같은 기억 말이다.

인구 100명 중에 4명은 다른 사람을 해치는 데 전혀 망설임이 없는 사람들이라고 한다. 책을 읽다가 그 사실을 알게 되어 이해에 다다랐는지, 한층 착잡해졌는지 쉽게 판단하기 어렵다. 안전과 존엄, 더 나은 사회에 대한 유족들의 목소리를 묵살하며 그것이 어떤 정치적 저의의 발화라고 왜곡하고 폄하하는 사람들은 아마 그 4명에 가까울 것이다. 그들 가운데에도 두 종류의 사람들이 있지 않을지 짐작해 본다. 머릿속에 진영 싸움과 힘의 논리만 가득해서 만사를 그렇게만 파악하는 사람들이 있을 것이고, 모욕과 조롱을 할 기회만 있으면 상대가 누구든 상관없는 사람들이 또 있을 것이다. 어떻게 인간이 그럴 수 있나, 비명을 지르고 싶어지지만 100명 중 4명이 언제나 그랬다면 보다 중요한 것은 나머지 96명의 역할이지 않을까 한다. 언젠가부터 자극적이기 그지없는 4명의 목소리만 들리고 시민으로 기능하는 96명의 목소리는 배경음처럼 취급되고 있다. 그 유독한 흐름이 더욱 거세어지기 전에 저지해야 하지 않을지 염려한다.

정 세 랑

세상의 거의 모든 안전법은 유족들이 만들었다. 몇백 년 전부터, 어느 나라에서든 마찬가지였다. 왜 사회는 가장 슬퍼하는 사람들에게 크나큰 책임을 지우는 방식으로 발전해 왔을까? 그 책임을 모두 조금씩 더 나눠 졌으면 좋겠다. 한 사람이 말하면 다음 사람이 이어 말하고 어깨와 어깨가 촘촘히 맞닿았으면 하고 바라본다. 일단은 이 에세이를 쓰고, 그다음을 고민한다.

정세랑

2010년부터 소설을, 2017년부터 영상 각본을 썼다. 『이만큼 가까이』로 창비 장편소설상을, 『피프티 피플』로 한국일보문학상을 받았다. 『설자은, 금성으로 돌아오다』, 『시선으로부터,』, 『보건교사 안은영』 등을 썼다.

노란
사 리
람 본
을 을
보 단
면

2021

1

16

　　노란 리본을 단 사람을 보면 안심된다는 말을 들었던 기억이 난다. 제법 여러 사람에게서 비슷한 이야기를 들었다. 까닭도 가지각색이었다. 같은 편이라는 생각이 든다는 사람도 있었고, 고마운 마음을 느낀다는 사람도 있었다. 노란 리본을 단 사람은 자신을 해코지하지는 않을 것 같아 안심된다는 말도 어딘가의 기사에서 읽었는데, 나로서는 전혀 생각해 보지 못한 관점이라 상당히 흥미로웠다. 정확한 내용이 기억나지는 않지만, 낯선 사람의 도움을 필요로 하는 상황에 놓인 학생이었고, 그 가운데 노란 리본을 달고 있는 사람이 있어 편하게 말을 붙일 수 있었다는 것이다. 그걸 읽으며 세대에 따라 노란 리본에 대한 감각이 달라질 수도 있겠다는 생각을 했고, 한편으로는 그럼에도 기본적으로는 일종의 연대 의식을 공유한다는 생각을 하기도 했다.

나는 노란 리본을 단 사람을 보면 반가움을 느낀다. 나와 같은 마음인 사람을 발견했다는 데서 오는 반가움, 그리고 이 슬픔을 짊어진 것이 나만은 아니라는 데서 오는 안도감을 느끼는 것이다. 싸움은 끝나지 않았고, 여전히 가려진 진실이 남아 있으므로, 그리고 우리의 삶은 계속 이어져 오고 있으므로. 싸움을 함께하는 이를 보며 반가움을 느끼지 않을 도리가 없다.

그런 반가움 탓에 실수(?)를 한 적도 있다. 나는 2017년에 군대에 갔는데, 서른 살에 입대한 것이었으니 상당히 늦은 입대였다. 나와 열 살 가까이 나이 차이가 나는 친구들(그 친구들은 나를 친구라고 생각하지 않을지도 모르지만)과 생활을 했는데, 그 가운데 노란 팔찌를 항시 차고 다니는 친구가 있었다. '20140416'이라는 글자가 음각으로 새겨진 고무 소재 팔찌였다. 내가 속한 부대는 여러 부대를 돌아다니는 일을 하는 곳이었는데, 그렇게 여러 부대를 돌아다녀도 노란 리본을 매단 사람을 본 것은 그 친구가 유일했다.

그 친구의 팔찌를 처음 알아차린 날, 예상하지 못한 마주침에 반가움을 느낀 나는 그 친구의 팔찌를 가리키며 알은체를 했다. 별다른 말을 하지는 않고, "오~" 정도의 감탄사를 내뱉었던 것 같다. 그때는 전혀 의식하지 못했지만 돌이켜 생각해 보면 아마 젊은 친구가 기특하다는 식의 생각을 내심 했던 것 같다. 그렇지 않고서야 그가 굳이 그런 대답을 하지도, 내가 그의 말을 듣고 부끄러움을 느끼지는 않았을 테니 말이다. 그는 나의 알은체를 듣고, "친구", 단 두 글자만 말하고 말끝을 흐렸다.

　그 말을 듣고 나는 너무 부끄러워져서 어디에라도 숨고 싶었다. 그 친구가 안산 출신이라는 것도, 1997년생이라는 것도 알고 있었는데 어째서 나는 이 두 사실을 연결 짓지 못하고 그렇게 가볍게 말을 걸었을까. 물론 거기까지 생각이 닿지 않은 것이 부끄러운 것은 아니다. 내가 정말 부끄러움을 느꼈던 것은 앞서 말한 것처럼, 그의 노란 팔찌를 보며 내심 기특하다는 생각을 하고 있었다는 데 있었다.

　나에게 세월호는 나보다 어린 학생들에게 벌어진 슬픈 일로 기억되지만, 그에게는 친구의 일이었고, 동시에 자신의 일이기도 했다. 기특함이란 결국 내가 세월호 참사를 나의 삶과 분리하여 생각하고 있기에 갖게 되는 감정일 터였다. 나는 4월 16일의 슬픔을 잊지 않고, 진실을 위한 싸움을 계속 함께하리라 다짐했으면서도, 한편으로는 그것이 내 일이라고는 생각하지 않고 있었던 것이다. 나는 나 자신의 얄팍함과 경솔함에 놀라 아무런 말도 하지 못했다. 그때가 살면서 가장 자신이 부끄럽게 느껴진 순간이었다. 그는 익숙한 일이라는 듯 더는 말을 하지 않았고, 그 후로도 우리는 그와 관련된 이야기를 나누지 않았다.

　그 일 때문은 아니지만, 그는 전역 이후에도 종종 연락을 하고 만나는 유일한 군대 친구가 되었다. 그러나 둘 중 누구도 그때의 일을 꺼내지는 않는다. 어쩌면 친구는 그런 일이 있었다는 것조차 기억하지 못할지 모른다. 다만 그 친구는 여전히 노란 팔찌를 찬 채로, 여자친구가 어떻고 학교가 어떻고 하는 말을 들려줄 뿐이다. 나 역시 때로는 가방 밖에, 때로는 가방 속에 노란 리본을 매단 채 그 친구의 말을 들을 뿐이고.

그 후로 내게 무슨 드라마틱한 변화가 일어나지는 않았다. 나는 여전히 노란 리본을 매달고 다니고, 길에서 노란 리본을 매단 사람을 마주치면 반가움을 느낀다. 당신도 그곳에서 함께 싸우고 있군요. 우리는 서로 다른 삶을 살고 있고, 또 다른 곳에 있지만, 하나의 마음을 갖고 있군요. 이전과 크게 다르지 않은 생각을 하면서 말이다. 다만 한 가지 생각을 더 떠올리게 되기는 한다. 내가 달고 있는 노란 리본을 보면 무슨 생각을 할지 궁금히 여기게 된 것이다. 아마 그 궁금함만큼 4월의 그날이 나의 삶과 가까워진 것은 아닐까 한다. 그렇게 세월과 더불어 나의 삶이, 그리고 당신의 삶이 계속 가까워지며 나아갈 수 있기를 바란다.

황 인 찬

시 인. 『구관조 씻기기』로 김수영문학상을 받았다. 시집 『이걸 내 마음이라고 하자』, 『사랑을 위한 되풀이』, 『희지의 세계』, 산문집 『읽는 슬픔, 말하는 사랑』 등을 썼다.

김 겨 울

2021
2
16

　　나는 그가 만든 코스터를 차마 못 써서 몇 달 동안이나
부엌 찬장 한쪽, 문을 열자마자 보이는 곳에 가지런히 놓아
두었다. 양말목을 꿰어 만든 코스터는 튼튼한 촉감과는 달
리 왠지 불안해 보였다. 한창 양말목 공예에 빠져 있는 친
구가 만든 커다란 크기의 담요 비슷한 것을 사정없이 물어
뜯는 고양이의 모습을 영상으로 전해 받은 뒤였다. 고양이
를 기르는 집도 아닌데 차마 내가 쓰다 그렇게 만들어버릴
까 봐, 이 얼기설기 꿰인 실들이 언제라도 풀려버릴까 봐
왠지 만지기가 겁났다. 여기에 어떤 시간들이 담겨 있을지
상상이 가지 않았다. 이것은 파란 바지의 의인이 꿰어낸 코
스터다.

그는 사고 후유증으로 잠을 이루지 못한다고 했다. 수면제를 먹어도 소용이 없다고 했다. 세월호 참사의 기억과 현재의 고통 사이에서 그가 찾은 것이 양말목 공예였다고 했다. 나는 양손으로 양말목을 이리저리 겹쳐가며 튼튼한 직물을 직조해 가는 그의 모습을 생각했다. 그의 양손. 그의 튼튼한 손. 그의 튼튼하고 슬픈 손. 자신을 해한 손. 흉터가 남은 손. 사람들을 끌어낸 손.

나는 코스터가 그의 손과 꼭 닮았다는 것을 발견한다. 군데군데 옹이와 주름이 졌지만 울퉁불퉁한 채로 완결성을 지닌 그의 코스터는 직접 짠 직물답게 안쪽으로 둥글게 말려 있다. 위에 컵을 올려두면 코스터는 부드럽게 위를 향해 모서리를 세운다. 컵에서 떨어지는 물을 가볍게 받아내서 자신 안으로 흡수하는 코스터를 보며 그의 손에 스며든 물을 떠올린다. 동그랗게 모은 그의 손. 그의 손에 실린 물의 기억과, 직물 사이사이로 숨은 긴 잠을 떠올린다. 그의 손이 보라색과 회색, 푸른색과 노란색, 채도와 명도가 다른 초록색, 짙은 회색과 빛나는 살구색 바닷속을, 양말목 더미 속을 헤매는 일을 생각한다.

어쩌면 나는 그의 튼튼한 손을 너무 걱정했는지도 모른다. 코스터며 함께 산 크로스백이 걱정 없이 튼튼하다. 한 모서리에 달린 노란 리본이 감상에 빠지는 나를 붙잡

아세운다. 쨍한 노란색은 어김없이 정신을 차리라는 신호다. 기억을 멈추지 말라는 신호다. 감상만으로는 아무것도 되지 않는다는 것을, 코스터도 크로스백도 제 몸으로 예증한다.

그의 푸른 코스터들은 애초에 태어나지 말았어야 하는 물건이었을 것이다. 그가 화물을 싣고 나르는 동안 아무런 일도 일어나지 않아서 그가 그 거친 손으로 운전대를 잡고 화물을 옮겼어야 했을 것이다. 소방호스 대신 아내와 딸의 두 팔이 몸을 감았어야 했을 것이다. 근막통증증후군 대신 하루를 마감하는 뻐근한 목과 어깨가 차라리 좋았을 것이다. 아무 일도 일어나지 않았더라면. 아무것도 빠지지 않았더라면. 아무도 죽지 않았더라면.

나는 따뜻한 물을 끓여 컵에 가득 담고 차를 우린다. 할 수만 있다면 이렇게 꼭꼭 손을 잡고 싶다. 아래위로 단정히 겹쳐진 이 양말목들처럼 그날 그 배에 탄 사람들의 손을 차곡차곡 겹쳐 잡고 싶다. 돌아갈 수만 있다면, 몇 번이고 돌아갈 수만 있다면 그 사람들을 이렇게 잔뜩 꿰어가지고 돌아오고 싶다. 그래서 차를 몇 잔이고 우려서, 봄날에 어울리는 홍차며 커피를 내려서 손에 쥐여주고 싶다. 매끈하고 거친 그들의 손. 얼마나 많은 사람들이 같은 생각을 했을까? 하지만 나는 조용히 차를 따르고 향을 피우며, 기도하

김 겨 울

는 마음으로 코스터를 몇 번이고 몇 번이고 매만진다.

김 겨 울

작가, 독서가, 애서가. 한때 음악을 만들었고 지금은 종종 시를 짓는
다. 유튜브 채널 〈겨울서점〉을 운영하며 MBC 표준FM 〈라디오 북클럽
김겨울입니다〉를 약 5년간 진행했다.『겨울의 언어』,『책의 말들』,『아
무튼, 피아노』등을 썼다.

김 하 나

바
다
에
도

봄
이

온
다

2 0 2 1
3
16

800페이지가 넘는 두꺼운 책, 마리아 포포바의 『진리의 발견』(지여울 옮김, 다른 2020)을 읽다가 거의 마지막에 다다른 799페이지에서 이런 부분을 마주쳤다. 아르헨티나 국립도서관에서 미국의 케네디 대통령 암살 소식을 들은 대작가 호르헤 루이스 보르헤스는 충격을 받아 믿을 수 없는 기분으로 밖으로 나가 거리를 걷다가 알지도 못하는 사람들과 포옹을 나누었다고 한다. 이어서 그의 행동을 설명하는 문장이 있었다. "집단적 기쁨과 비견되는, 집단적 슬픔에 대한 인간의 지극히 동물적인 반응이었다." 나는 곧바로 두 해를 떠올렸다. 2002년과 2014년. 2002년 한국의 월드컵 4강 진출 소식에 사람들은 너도나도 밖으로 뛰쳐나왔다. 그것은 집단적 기쁨의 동물적 반응이었을 것이다.

그리고 2014년. 그해 봄 나는 세월호에 관한 뉴스를 며칠째 보면서 잠을 이루지 못했다. 그 주 일요일은 부활절이었다. 나는 도저히 집에 혼자 있을 수 없어 밖으로 나가, 중구 정동 3번지 성공회성당을 찾았다. 어떠한 종교도 믿지 않는 나지만 그 오래된 건물의 뒤쪽 의자에 앉아 미사에 참여했다. 높은 천장 아래 울려 퍼지는 찬송가와 오르간 소리, 다닥다닥 붙어 앉은 사람들의 뒤통수. 나직한 목소리의 사제는 강론 끝에 세월호 참사에 대해 이야기했고 나는 주르륵 눈물이 흘러 연신 옷소매로 훔쳐야 했다. 나 말고도 여러 사람이 훌쩍이며 눈물을 닦았다. 그 몸짓을 보고 있자니 '슬픔을 나눈다'는 말의 의미를 알 것 같았다. 낯선 사람들 속에 홀로 앉아 나는 슬픔을 나누었다. 그 함께 있음 자체가 나에게 얼마나 큰 위로가 되었는지 모른다. 나는 그곳의 좁은 나무 의자에 앉아 눈물을 닦으며 회당(會堂), 사람들이 모이는 집이 생겨난 까닭에 대해 짐작했다. 이것이 "집단적 슬픔에 대한 인간의 지극히 동물적인 반응"이라는 표현을 보고 내가 2014년의 봄을 떠올린 이유다.

인간은 작고 약하다. 그런 인간에게 감당하기 힘든 거대한 감정이 찾아들면 그는 자연스레 밖으로 나가게 된다. 그럴 때 인간은 광막한 자연 속으로가 아니라 다른 사람들 속으로 나가는 것이다. 거대한 기쁨도, 거대한 슬픔도 한 인간 속으로부터 흘러넘쳐 다른 사람들의 감정과 이어질 때 비로소 물결이 되고 집단의 기억이 된다. 탐욕과 어리석음으로 숱한 생명을 떠내려 보낸 이 참혹하고 슬픈 사건이 정치적 공방이 되고, 소중한 사람을 잃고 가슴이 찢긴 사람들을 오히려 죄인으로 만든 저 끔찍한 역사의 암초에도 불구하고 물결은 흘러야 한다. 잊을 수가 없어서, 또 잊지 않기 위해 쓴 여러 작가의 수많은 글을 읽으며 나는 여전히 그 물결이 우리라는 공간을 흐르고 있음을 믿는다. 한 존재로서의 인간은 작고 약하지만 손을 맞잡고 잊지 않으면 우리는 물결이 되어 거대한 바다에 이를 수 있다. 세상에는 바다라는 푸르고 광대한 공간이 그만큼의 커다란 슬픔이 되어 사무치는 사람들이 있다. 나는 그 슬픔의 바다로 이르는 물결이 되겠다.

레이첼 카슨의 1961년작 『우리를 둘러싼 바다』(김홍옥 옮김, 에코리브르 2018)를 읽다가 예상치 못하게 큰 위로가 되는 부분을 만났다. '바다가 한 해 동안 겪는 변화'라는 장에서, 카슨은 연둣빛 새순과 벙근 꽃망울, 철새의 이주, 개구리의 합창 소리 등등 봄이 오는 징후를 나열한 뒤 이렇게 말한다.

"우리는 이 모든 것을 육지와 관련해서만 생각하고, 바다에는 다가오는 봄을 이런 식으로 느낄 여지가 없다고 쉽게 단정 짓는다. 그러나 바다에도 어김없이 그런 징후가 있으며, 혜안을 가진 사람에게는 그 징후 역시 깨어나는 봄을 느낄 수 있는 신비로움을 선사한다. 육지와 마찬가지로 바다에서도 봄은 생명이 새로 피어나는 계절이다."

다음으로 이어지는 부분은 놀랍기 그지없다. 긴 겨울 동안 찬 기운을 빨아들였던 바다 표면의 물은 무거워져 밑으로 내려가기 시작하고, 아래에 있던 따뜻한 층이 무기질을 싣고 올라오며 바닷물은 온통 크게 뒤섞인다. 겨울 동안 잠자고 있던 규조류와 미세식물 플랑크톤이 무기질과 따사로운 봄 햇살을 만나 깨어나고 천문학적 규모로 증식하기 시작한다. 이들은 순식간에 생장해 바닷물을 붉은색, 갈색, 초록색 등 다채로운 색깔의 담요처럼 뒤덮어 버린다. 이어서 작은 동물들이 불어나고, 이주하는 물고기 떼가 북적거린다. 연어가 물살을 거슬러 오르고, 빙어 떼가 깊은 바다로 모여들고, 대구는 로포텐 제방까지 다가갔다 아일랜드 해안 앞바다로 모여든다. 육지에서 봄꽃이 피어나며 세상을 뒤덮는 것처럼 바다에서도 따스한 봄이 찾아와 온갖 생명이 태어나고 법석이는 변화를 맞는 것이다.

이 단순한 사실을 알게 되어 새삼 얼마나 고마웠는지 모른다. 잊지 않으려고, 또 여러분도 잊지 마시라고, 다시 한번 말해본다.

바다에도 봄이 온다.

김 하 나

작가, 〈여자 둘이 토크하고 있습니다〉 팟캐스터. 『말하기를 말하기』, 『여자 둘이 살고 있습니다』(공저), 『당신과 나의 아이디어』 등을 썼다.

2부

모
두
의
일
곱
해

2021
4
16

— **열일곱**에 일곱 해를 더하고
— 다시 **스물둘**에 일곱 해를 보탠 뒤
— **일곱 살**에 일곱 해를 합하고
— **마흔셋**에 다섯 해를 덧대보았다.

언뜻 이상한 산수처럼 보이는 저 문장들 속에는 누군가 이 세상에 머물다 간 시간과 떠난 시간이 모두 담겨 있다. 열일곱에 일곱 해를 더하면 스물넷, 스물둘에 일곱 해를 보태면 스물아홉, 일곱 살에 일곱을 더하면 열넷, 마흔셋에 다섯 살을 합하면 마흔여덟이다.

이중 굵게 표시한 맨 처음 숫자는 7년 전 제주로 수학여행을 떠난 단원고 학생들의 나이다. 만약 살아 있다면 올해 스물네 살이 되었을 아이들. 모두 알다시피 사고 당시 이들 중 가장 많은 희생자가 나왔다. 두 번째 굵은 숫자는 세월호 승무원 고(故) 박지영 씨의 나이다. 그녀는 세월호가 침몰할 때 마지막까지 승객들을 안심시키고 구조를 돕다 배 안에서 숨을 거뒀다. 세 번째 숫자는 세월호 참사의 가장 어린 희생자 고(故) 권혁규 군의 나이다. 권 군은 가족들과 제주로 이사하다 사고를 당했고 끝내 육지로 돌아오지 못해 지금까지 미수습자로 남았다. 마지막 숫자는 2016년 스스로 세상을 떠난 고(故) 김관홍 님의 나이다. 어두운 바다 속에서 희생자 분들을 '손으로 한 구 한 구 달래가며, 한 구 한 구 안아' 올린 잠수사분. 그 뒤 우리 사회에 대한 실망과 트라우마로 견디기 힘든 시간을 보낸 분. 만일 살아 계셨다면 올해 마흔여덟을 맞으셨을 거다.

고(故) 김관홍 님의 마지막 해 나이를 제외하고 나는 나머지 사람들의 나이를 모두 가져봤다. 열세 살도 돼보고, 스물네 살도 겪어보고, 스물아홉 살도 맞아본 적 있는 사람. 운이 좋다면 앞으로도 또래들과 비슷한 삶의 무게를 지고, 엇비슷한 고민과 기쁨, 회한을 느끼며 살아갈 사람이다. 그래서인지 이 글을 쓰기 전, 저기 저분들이 모두 살아 있다면 지금 어떤 얼굴로 이 봄을 맞고 계실까 궁금해졌다. 그런데도 내겐 여전히 '다른 사람'이 되는 일이 어렵게 느껴져, 내 얼굴에 저분들의 얼굴을 포개보는 수밖에 없었다. 내가 이미 겪은 시간을 당신도 경험한 양 덧대보는 수밖에 없었다. 물론 나의 이십대와 지금 청춘들의 상황은 다르지만 그럼에도 불구하고 변하지 않는 것, 나눌 법한 게 있지 않을까 싶었다. 이를테면 이런 마음 같은 건.

　　─스물네 살 나는 좋아하는 사람 때문에 잠 못 이뤘다. 버스정류소에서 연인과 헤어질 때마다 항상 그가 다음 버스를 타길 바랐고, 그러다 홀로 돌아서는 길, 보세 옷가게의 쇼윈도에서 자주 눈을 떼지 못했다.

　　어쩌면 이런 기억도.

　　─스물네 살 나는 처음으로 여권을 만들었다. 담당자가 "단수 여권으로 하실 건가요? 복수로 할 건가요?" 물었고, 잠시 고민하다 "단수로 해주세요" 답했다. 내 앞에 펼쳐질, 내가 상상할 수 있는 미래의 크기는 딱 그만 했고, 그마저도 좋았다.

　　─스물네 살 봄에 나는 좋아하는 사람에게 립스틱을 선물 받았다. 여름에는 친구들과 팥빙수를 먹고, 비 오는 날에는 부대찌개를 사 먹었다. 취업 생각에 가끔 가슴이 어둑해졌지만 가까운 사람들과 함께 맡는 비 냄새, 교정의 풀

66

냄새가 가끔 더 큰 실감으로 다가왔다.

　이렇게 적어두고 보니 저기 버스정류소에 선 사람이
너였으면, 정말 너였다면 얼마나 좋았을까 하는 생각이 들
었다. 아무리 시시하고 남루한 것조차 하나도 빠트리지 말
고 다 겪어봤다면, 사랑이나 우정뿐 아니라 권태도, 회의
도, 지리멸렬도 다 경험해 볼 수 있었다면 얼마나 좋았을까
하고. 그러다 마흔 즈음에는 지친 중년의 눈빛을 가진대도
그건 그것대로 나쁘지 않았을 텐데.

　나는 고(故) 박지영 씨가 살았을지 모를, 아니 살아봤
어야만 할 스물아홉도 내 모습에 포개 되짚어 봤다.

　―스물아홉에 나는 은행에서 처음 대출상담을 받았다.
왠지 어른이 된 기분이었지만 막상 나보다 훨씬 노련해 보
이는 직원 앞에 섰을 땐 아이처럼 긴장했다. 스물아홉에 나
는 내 자매의 신혼집에 화분을 사 들고 놀러 갔다. 가욋돈
이 생기면 부모님께 용돈을 보냈고, 후배들에게 밥을 사는
식으로 가끔 삶에 자부를 느꼈다.

　열네 살 혹은 마흔여덟의 모습은 또 어땠을까.

　―열네 살에 나는 용돈을 계획 없이 써 언니들에게 자

주 돈을 빌렸다. 일기장에 적는 말이 늘었지만 진짜 비밀은 적지 않았다. 누군가 자꾸 그리운 마음이 들었고, 친구 관계가 어려워도 친구들이 좋았다.

다만 마흔여덟 살만은 나도 겪은 적이 없어, 상상으로 이미 지난 일인 양 그려봤다.

─마흔여덟에 나는 옷값을 줄이고 의료비를 늘렸다. 소설이나 영화로 익힌 그 모든 예습에도 불구하고 삶의 많은 것이 예상과 달라 당황했고, 그런 내 몸과 화해하느라 바빴다. 그럼에도 그런 마음마저 다스리며 적응하고, 함께 늙어가는 친구들을 만나 종종 서로의 고독에 시치미를 떼며 웃다 헤어졌다.

그리고 여기 다 적지 못한, 여러 가지 비밀을 포함한 무수한 날들. 그런 것이 내게 있었다. 그 일들과 함께 살아오며 나는 전과 또 다른 내가 됐고, 여전히 그렇게 '내가 되어가는 중'이다. 지금은 여기 없는 누군가의 삶에 나의 서른하나, 마흔, 스물일곱을 겹쳐봐도 마찬가지다. 어느 시절을 포개도 그들이 가지지 못한 것, 누리지 못한 것이 눈앞에 수만 장의 벚꽃처럼 흩어진다. 하루하루 그 밝기와 온도가 다 다른 햇빛, 바람의 질감을 비롯해 혹 그게 실망이라 하더라도 마땅히 겪었어야 할 실망, 실연, 실패까지도. 그들이 그 안에서 배웠을 무수한 감정, 가까운 이들과 나눴을 그날 치 웃음, 눈빛. 그리고 무엇보다 사랑. 부모님과 형제, 친구와 선생님, 이웃과 나눴을 하루하루의 사랑이 떠오른다. 누군가 살아본, 살았을 법한, 살았어야 할 어떤 7년. 그 모든 일곱 해. 평범하고 흔해 더 귀하고 찬란한 시간들. 그 사이 꼭 훌륭해지지 않아도, 무언가 되지 않아도, 존재 자체로 충분히 빛났을 모두의 일곱 해가.

그러다 비록 그들은 가지지 못했지만 그들이 우리에게 주고 간 것, 우리가 받은 것에 생각이 미치면 이내 숙연해진다. 누군가 그토록 훼손하려 했음에도 불구하고 끝내 뺏기지 않은 어떤 존엄과 태도를 떠올리면 더욱 그렇다. 우리 사회는 세월호 참사 희생자들에게 큰 빚을 졌다. 그러나 그들이 남긴 그 모든 것의 무게를 다 합한다 한들 그들이 온당히 누렸어야 하는 것들의 가치만 할 수 있을까.

세월호 참사 7주기다. 떨어지는 꽃잎 위로 일곱 해의 무게가 쌓인다. 그들이 누리지 못한 삶은 매해 우리의 기억 속에서 새롭게 갱신될 것이다. 그 어떤 말들 앞에서도 그 사실만은 변하지 않을 것이다. 그 사실이 무거워 쉽게 고개 들 수가 없다.

김 애 란

2002년 단편소설 「노크하지 않는 집」을 발표하며 작품 활동을 시작했다. 『달려라, 아비』, 『침이 고인다』, 『바깥은 여름』, 『두근두근 내 인생』 등을 썼다.

임 진 아

2 0 2 1
5
16

　　7년 전 나는 회사원이었다. 7년 전 4월 16일, 당장 큰 소리가 오고 가더라도 아무렇지 않을 고요함 속에서 각자의 키보드와 마우스 소리만이 공간을 겨우 채우고 있었다. 덜 뜬 눈으로 컴퓨터를 바라보고 있다가 뉴스를 접했다. 컴퓨터 화면 오른쪽 하단에 네이트온 알림창이 무심하게 떴다. 그 알림창은 속보뿐만 아니라 연예 소식이나 정치 기사도 곧잘 떠웠다. 작은 창 속 작은 글씨. 무표정하게 일하던 임 대리는 눈동자만 움직여 그 글씨를 읽었다. 습관적으로 오늘자 업무로 시선을 옮겼다가 서둘러 다시 눈을 돌렸지만, 알림창은 이미 모니터 밑으로 사라져 있었다. 그때 사무실 사람들이 소리를 내며 뉴스를 읽었다. 6명의 팀원과 저 멀리 따로 앉은 본부장의 얼굴들이 하나둘 번갈아 가며

70

파티션 위로 들썩였다. 몸을 일으킨 건 두 아이의 엄마이기도 한 팀장님이었다. 그리고 모두 다시 자리에 앉아 다음 속보를 기다렸다. 팀장님이 다시 일어났다.

"모두 구조했대. 다행이다."

방금 뜬 속보 알림창을 나도 보았다. 그걸 곧장 클릭했다. "단원고 학생들 모두 구조" 글씨가 사진에 크게 박혀 있었다. 몰랐다. 사진 속 진짜 상황은 속보 타이틀에서 빠르게 멀어지고 있다는 걸 나중에야 알았다. 배 밖의 사람들만 속을 수 있던 속보였다.

디자인팀이던 우리 팀은 규모가 작았다. 많으면 일곱 명, 그 안에서 진심을 떠들 수 있는 건 한두 명. 그 작은 세상 안에서 우리는 바깥세상에서 일어나는 갖가지 일들을 함께 바라보며 각자 해야 할 일을 하며 지냈다. 4월 16일부터 우리는 "미치겠다."라는 말을 달고 살았다. 다음 날, 그다음 날, 계속되었다.

"진짜 미치겠다."

그러면서도 우리는 일을 해야 했다. "미치겠다."라는 말은 우리 입에서 조금씩 나오지 않게 되었지만, 미치겠는 마음은 사라지지 않았다. 나의 뒤통수 어딘가에, 심장 아래쪽에 박혀버린 채로, 그저 눈앞의 일을 해내며 오늘을 살아냈다. 작은 사무실의 모두가 그렇게 여름을 맞이했다.

여름이면 열리는 야외 페스티벌의 엠디 상품을 몇 해째 우리 팀이 담당해 오고 있었다. 페스티벌의 메인 포스터를 디자이너들과 처음 보는 자리에서, 우리는 각자의 어딘가에 박혀 있던 그 말을 꺼냈다.

"미치겠다."

포스터에는 수면 아래 사람들이 이미지화되어 있었다. 어찌 보면 평범한 표현이었다. 음악의 세계에 풍덩 빠진 사람들. 환상적인 축제. 그런데 하필 검은 바다였다. 굳이 바닷속이었다. 음악에 그만큼 빠질 수 있다는 가상의 이미지는, 마치 있던 사건을 없는 취급하는 것만 같았다. 깊게 생각하지 않아도 모두의 얼굴이 굳었다.

"팀장님, 이건 아닌 것 같아요."

"내가 이상한 거 아니지."

얼마 뒤 포스터 속 배경은 바다가 아닌 우주로 수정되었다.

나조차도 한동안 TV 속 바다 영상을 못 봤다. 예능에서 누군가를 수영장에 장난삼아 빠트릴 때도, 해양 생물을 비추러 수중 카메라가 다이빙을 할 때도 나는 채널을 돌렸다. 누군가를 떠올렸다. 방금 이 장면을 안 보셨으면.

어떤 슬픔은 이마가 구겨지며 시작된다. 이마에 미치겠는 눈물이 차오른다. 어떻게 할 수조차 없는 나의 무력함이, 나를 한층 더 울게 만든다. 하지만 나는 고개를 든다. 한없이 무력하다 느끼기에 할 수 있는 게 있다. 있던 일을 없는 취급하지 않는 것, 여전히 계속되는 사건이라는 걸 생각하는 것. 그렇게 나는 '미리'라는 앞 시간을 감각하며, 나에게서 비롯되는 말과 행동 앞에 애도에서 시작된 시선 하나를 두게 된 것이다. 누군가가 보고 있다, 볼 수도 있다, 그의 하루가 순식간에 망쳐진다는 마음 한 줄이 생겨났다.

몇 해 전, 지인과 중국집에서 밥을 먹다가 음식 사진을 몇 장 찍었다. 지인인 H는 사진을 안 찍고 조용히 밥만 먹었다. 내가 아는 그는, 맛있는 걸 먹으면 언제나 SNS에 신나게 사진을 올리는 사람이었다. 혹시 맛이 없나 싶어서 물어봤다.

"H 씨는 사진 안 찍으세요? 맨날 음식 사진 올리시잖아요."

"그게요. 당분간은 음식 사진 안 올리려고요."

이유는 명확했다. 최근에 임신한 친한 친구 때문이라고 했다. 입덧이 무척 심해서 음식을 잘 못 먹게 되었는데, SNS에 올라오는 음식 사진만 봐도 너무 괴롭다는 것이다.

"사진 올리면 걔가 보고 또 괴로울 것 같아서요. 그래서 이제 아예 안 찍고 있어요."

나는 오랫동안 촘촘히 끄덕거렸다. 처음에 나온 공심채볶음 사진만 찍고, 다른 사진은 찍지 않았다. 나는 H의 말을 듣고 다시금 생각했다. 미리 챙기는 마음들에 대해.

( )를 본다면 단번에 몸이 굳어버릴 사람이 있다는 걸 우리는 알고 있어야 한다. 각자의 자리에서 작은 알림창으로, 핸드폰 속 뉴스로, 밥을 먹으며 본 TV로 알게 된, 그 괄호에 적어도 일상이 뒤흔들리지 않는 우리가, 계속해서 노란 리본을 달고 다니듯이, 애도의 방법으로 누군가의 하루를 미리 생각하는 것.

나에게도 그 괄호가 존재한다. 10년의 세월이 지나더라도 나를 멈추게 만든다. 이제는 그 괄호 앞에서 미소를 지을 수 있지만, 깊게 남은 슬픔의 자국이란 영원히 지워지지 않는다는 걸 나는 알고 있다. 나의 가족들은 TV에 나오는 괄호 앞에서 아무도 움직이지 않고, 또 대화 중에 괄호를 꺼내지 않는다. 하지만 모르는 타인은 얼마든지 나와 나의 가족에게 괄호를 가져온다. 땀 또한 뒷목에서 숨어서 흐른다.

하루는 친한 친구가 빌려 간 책을 돌려주며 쪽지를 써주었다. 그 안에는 짧은 시가 적혀 있었다. 나를 굳게 만드는 ( )에 대한 시였다. 하필 그 괄호가 배경이었다. 나는 집으로 돌아와 복잡한 슬픔에 저녁이 멈추었지만, 이내 친구의 마음만으로 꺼내 갖자고 마음을 먹었다. 사람을 잃은 사람의 일상에는 너무나 세세하고 복잡한 슬픔이 꾸준히 더해지고 섞여진다. 그걸 알기에 나는 유족들의 괄호를 챙기고 싶다.

임진아

오늘도 노란 리본이 눈앞에서 흔들린다.

뛰어가는 학생 뒤에서, 조용히 책을 읽는 청년 옆에서, 커피값을 계산하는 누군가의 지갑에서. 미치겠는 마음이 소지품이 되어 흔들린다. 나는 몇 해 전에 친구가 준 노란 리본을 잃어버렸다. 노란 뜨개실로 만든, 아주 작은 리본이었다. 나 또한 어디론가 뛰어가다가 가방에서 그만 떨어트린 것 같다. 늘 함께 다니던 리본을 잃었지만, 상심하지 않았다. 나라면, 내가 길을 가다가 노란 리본을 마주한다면, 곧장 주워서 나의 어딘가에 다시금 걸어둘 테니까. 우리에게 노란 리본이란 그렇다는 걸 아니까.

그렇게 우리의 애도는 이어지고 이어진다. 나의 날을 살면서도 도로 슬픔을 마주해야 한다. 나 또한 나의 슬픔을 마주하며 잊지 않는다. 내가 할 수 있는 애도 또한, 나의 일상에서 세세하고 또 꾸준히 더해지고 있다.

임 진 아

읽고 그리는 삽화가, 생활하며 쓰는 에세이스트. 만화와 닮은 생각을 글과 그림으로 기록한다. 종이 위에 표현하는 일을, 책이 되는 일을 좋아한다.『팥: 나 심은 데 나 자란다』,『듣기 좋은 말 하기 싫은 말』,『읽는 생활』등을 썼다.

태재

자동차들은 칸에 맞춰
자리를 잡았지만

2021
6
16

아스팔트 위로 아지랑이가 피어오르고 있었고 그 아래로는 주차선들이 거뭇하게 그려져 있었다. 한낮이었기에 더욱 뜨겁게 떠오르는 장면. 자동차들은 칸에 맞춰 자리를 잡았지만 사람들은 칸도 자리도 잡지 못한 채 슬프고 있었다. 멈춰진 차에 기대서 눈물을 흘리는 사람들, 그 사람들 뒤에서 그들을 기다리는 사람들. 폭삭 주저앉아 우는 사람들, 그 사람들 곁에 서 있는 사람들이 있었다. 거기 있던 모든 사람이 눈물을 가지고 있었지만 모두가 그 눈물을 흘릴 겨를은 없었다. 누군가는 옆 사람의 눈물을 닦아주고 다시 갈 길을 가야 했으니까.

2014년 5월이었던 것 같다. 4·16 합동분향소에 갔을 때는. 분향소는 밖에서 보아도 안에서 보아도 웅장했다. 아

76   태재

마 내가 살면서 가게 될 수많은 장례식장 중에서도 가장 크고 넓은 곳일 터였다. 또 반드시 그래야 하고. 그 크고 넓은 공간이 여백 하나 없이 슬픔들로 빼곡했다. 그 슬픔들은 내 몸속도 빼곡하게 채웠다. 당시 내 나이는 스물다섯이었고 대학교 4학년이었는데, 내가 다녔던 학교는 단원고에서 고작 5킬로미터 거리에 있었다. 학교와 전철역을 오가던 셔틀버스는 노선을 변경하여 학교와 분향소를 오갔고, 나도 셔틀버스를 타고 분향소로 향했다. 아이들도 학교에서 제공한 버스를 타고 수학여행을 떠났겠지, 하는 생각이 들어 눈이 질끈 감겼다.

평소의 셔틀버스라면 핸드폰을 보고 있는 학우, 쪽잠을 자는 학우, 이어폰을 낀 학우, 다른 학우와 이야기하는 학우가 보였겠지만, 분향소로 향하는 셔틀버스에서는 전부 본인 자리에 가만히 앉아 있었다. 아무도, 심지어 나조차도 타고 있지 않은 것 같았다. 버스는 금세 분향소에 도착했고 학우들이 한 사람씩 빠져나갔다. 먼저 내렸던 학우들 중 한 학우가 중력이 쏠린 듯 갑자기 휘청거렸고, 다른 학우들이 그 학우를 부축했다. 그 학우가 과외로 가르치던 아이가 세월호에 타고 있었다는 얘기를 들었다. 나는 다시 눈이 질끈 감겼다.

분향소 안으로 들어가니 수많은 얼굴들이 있었다. 아는 얼굴이 있는 사람들은 그 얼굴 앞에서 쓰러졌다. 나도 줄지은 추모 행렬을 따라 걸으며 움직이지 않는 그 얼굴들을 한 명 한 명 어렵게 보았다. 내가 아는 얼굴은 없었다. 그러니까 사실은, 나로서는 모르는 사람들의 장례식에 간 것이었다. 또 한편으로는, 아는 사람의 장례식에 가본 적도 없었던 스물다섯이었다. 세상 속에서 사람을 사귀는 방법들을 시험하기 바빴던 나이였고 동시에 사람을 배웅하는 방법에는 무지했던 나이였다. 어떤 표정을 지어야 하고 어떤 옷을 입어야 하고 어떤 말을 건네야 하고 어떤 말을 건네지 않아야 하는지를 몰랐다. 헤맸다. 그래서 부끄럽게도, 사고에 대한 분노와 떠난 사람들에 대한 추모도 있기는 했지만, 내 마음 한쪽에는 나에 관한 바람이 먼저 붙었다. 다음번에 누군가를 배웅할 때에는 내가 좀 덜 헤매면 좋겠다는 바람이.

그리고 7년이 지나 서른둘. 7년 사이 몇 번의 배웅을 더 했다. 나의 친구가 사고로 숨을 거두었으며 나의 친구를 길러준 사람이 떠나기도 했다. 나의 어른들을 길러준 사람이 돌아가셨으며 나의 친구가 스스로 세상을 등지기도 했다. 사람이 세상을 떠났다는 소식은 나의 자리를 가리지 않고 왔다. 일자리에서도, 술자리에서도, 잠자리에서도 소식은 왔고 이제 나는 헤매지 않고 옷장을 연다. 준비된 동작을 해내듯 드라이를 해놓았던 정장의 비닐을 벗기고 까만 구두를 신는다. 셔틀버스가 아니고 직접 운전을 해서 장례식장에 간다. 주차장 자리에 맞춰 주차를 한다. 인사를 하는 자리에서 인사를 하고 봉투를 넣는 자리에 봉투를 넣는

태재

다. 빈자리에 앉아서 준비해 주신 식사를 한다. 자리를 찾고, 자리를 잡고, 그 자리를 지킨다. 덜 헤맨다. 7년 전 바람대로 말이다.

그럼에도 이따금 자리 잡기 어려운 배웅을 할 때가 있다. 내가 배웅하는 사람이 침대가 아닌 곳에서 죽었을 때다. 자리도 없이 떠난 사람을 배웅하는 날이면 나도 중력이 쏠린 듯 휘청거리고 만다. 나는 또 한 번 휘청거리기 전에 새로운 바람을 품어본다. 나의 모든 사람이 누운 자리에서 평평한 채로 죽었으면. 물 속에서 불 속에서 허공 속에서 죽지 않았으면. 폭신한 침대에 누운 채로 마지막 눈을 감기를. 내가 두 발로 서서 배웅할 수 있기를. 슬픔이 자리를 못 잡고 휘청거리지 않게. 삶의 다른 자리에서 슬픔이 불쑥 나타나지 않게. 떠나는 사람은 떠나는 자리를 잡고, 배웅하는 사람은 배웅하는 자리를 잡도록.

태 재

운문을 써서 시집을, 산문을 써서 산문집을 만든다. 최근에는 모처럼 러브레터를 쓰기도 했다. 『멀리 우리』, 『스무스』, 『책 방이 싫어질 때』 등을 펴냈다.

송은정

그
쪽
마
을
은
날
씨
가
맑
게
개
었
나
요

2021
7
16

얼마 전 시할머니의 장례를 치렀다. 함께 사는 반려인의 가족이고 결혼 이후에도 왕래가 거의 없었기에 정서적 교감을 나눌 기회는 거의 없었다. 서울과 대구라는 지리적 거리도 여기에 한몫했을 것이다. 한 통의 전화로 날아든 임종 소식에 놀라기는 했지만 나는 금세 모니터 화면으로 돌아가 업무에 복귀했다. 무정하다기보다는 죽음을 실감하기 어려웠다는 게 맞을 것이다. 지금 여기는 너무도 생생하고, 바쁘고, 두서없이 쏟아지는 카카오톡 알림음으로 가득찬 곳이니까.

요양병원 지하 1층에 마련된 빈소에서 꼬박 이틀을 보냈다. 상조업체에서 파견된 전문가의 안내에 따라 일가친척이 일사불란하게 움직였다. 조문객을 맞고, 부족한 떡과

80

수육을 발주했다. 손님이 모두 떠난 밤에는 나와 반려인, 사촌동생이 팀을 이루어 장부에 부조금을 기록하고 계산이 틀리지는 않았는지 돈을 세고 또 셌다. 자칫했다간 소란의 불씨가 될 수도 있으므로 이틀 중 그 어느 때보다 집중력을 발휘해야 했다. 그렇게 한참 더하기 빼기를 하다 보니 가슴께가 답답하고 현기증이 일었다. 창문 하나 내지 않은 지하 공간은 사람들의 눈물과 회환, 피로로 공기의 밀도가 한계치에 다다른 듯했다. 죽음은 여전히 멀게만 느껴졌다.

다시 돌아온 일상에서도 다르지 않았다. 슬픔에 머물러 있기에는 내일이 너무도 빨리 찾아왔다. 나는 당연한 듯 찾아오는 내일에 진저리를 쳤다. 반가운 대신 겁이 났고, 때로는 어떻게든 피하고도 싶었다. 한 사람의 부재가 인생에 미치는 영향이 그리 크지 않다는 사실 또한 나를 괴롭게 했다. 그러던 어느 날이었다. 불시에 마음이 쿵 하고 쏟아져 내린 것은. 창백한 조명 아래 놓여 있던 할머니의 비단 신발이 머릿속에 환영처럼 떠올라 나는 하던 일을 멈춘 채 멍하니 앉아 있었다. 그것은 마치 슬픔이 도착한 기분이었다. 조금은 느리게, 하지만 길을 잃지 않고 와준 슬픔과 나는 잠시 동안 마주했다. 슬픔은 오래 머무르지 않고 이내 나를 떠나갔다. 하지만 영영 사라지는 것이 아니라 언제고 다시 돌아올 것처럼 뒤를 돌아보는 안녕이었다.

4월에는 거리마다 금계국이 가득 피어 있었다. 점심을

먹고 혜화동 근처를 산책하던 길, 금계국 한 무리를 발견한 동료가 뜻밖의 말을 꺼내 놓았다. "그때도 금계국이 무성히 피어 있었어요. 이렇게나 아름다운데." 나는 대번에 그때가 언제를 가리키는지 알 수 있었다. 구내식당에서 뉴스 보도를 생중계로 접한 뒤 여느 때처럼 업무에 복귀했던 기억이, 모두가 제자리로 무사히 돌아오리라 믿었던 7년 전 기억이 한달음에 소환됐다. 아마도 그날 이후였을 것이다. 노랑을 마주칠 때마다 마음속에 빛 하나가 작게 반짝이기 시작한 것은. 거리에서 우연히 노란 리본을 마주칠 때면 나도 모르게 걸음의 속도를 늦추곤 했다. 그러고는 예고 없이 날아든 슬픔을 향해 조용히 안부를 물었다. 아주 찰나였지만 깊고 진한 포옹이었다.

할머니의 비단 신발처럼 어떤 노랑은 나를 상념에 빠트렸다. 언제부터인가 산수유와 개나리, 금계국을 바라볼 때면 찬란하게 빛나는 생명력에 한껏 감탄하는 동시에 아릿한 안도를 느낀다. 잊지 않고 찾아와 주었음에, 어김없이 돌아온 봄에 감사함을 느낀다. 아라이 료지의 그림책 『아침에 창문을 열면』(김난주 옮김, 시공주니어 2013)은 "아침이 밝았어요. 창문을 활짝 열어요."라는 문장과 함께 매일 아침 창문을 여는 아이의 시점이 릴레이처럼 펼쳐진다. 산속 깊은 곳의 농촌, 번화한 도심 한가운데, 푸른 바닷가 마을 창 너머 풍경을 바라보며 아이는 언제나처럼 밝아온 평화로운 오늘에 기뻐한다.

"그쪽 마을은 날씨가 맑게 개었나요?"

아이의 질문에 나는 고개를 끄덕이며 몇 번이고 따라 해본다. 언제고 슬픔이 날아들었을 때 잊지 않고 안부를 물을 것이다.

송은정

프리랜서 에세이스트. 바깥을 걷고 여행하며, 집에서 글을 쓴다. 『우리가 교토를 사랑하는 이유』, 『오늘, 책방을 닫았습니다』 등을 썼다.

2021

9

16

아직 먼지가 일고 있습니다 펜스 앞뒤로

문이 열리고 닫힙니다

세 번의 봄을 보낸 사람이 학교를 떠나고 새 몸이 입장

합니다

그 일이 언제나 가능한 것처럼

잘 있습니다

두고 간 가방은

다시 태어나

바다가 되고 회전문이 되고 봄이 되고 문장이 되었는데

열어보면

아직 어디 흐르지 않고 한 자리

거기

있습니까 충분한

부르고 있습니다 충분하지 않은

이 휜

이름이 다녀갈까 봐

봄에는

창을 다 열고 잡니다

느리고 넓게 찬찬히 움직이기를

사월에 기도합니다

잘 도착했습니까

이 흰

우리는 아직 도착하고 있는 중입니다

어쩌면 다시 만날 수도 있겠습니다

기억하는 일에 어제 오늘 내일이 모두 필요하다는 걸 배우며 우리는
없는 곳으로

숨을 쉬어요

발등과 발등이 향하게 서서

이 훤

미안합니다

기도가 끝나면 부르기 조금 수월해지고

눈 감으면

남아 있습니다

이 훤

시인, 사진가. 텍스트와 이미지로 이야기를 만든다. 2014년 『문학과
의식』을 통해 작품 활동을 시작했고, 정릉에서 사진 스튜디오 겸 교
습소 '작업실 두 눈'을 운영 중이다. 시집『양눈잡이』,『우리 너무 절박
해지지 말아요』, 산문집『아무튼, 당근마켓』,『당신의 정면과 나의 정
면이 반대로 움직일 때』등을 썼고,『끝내주는 인생』등에 사진으로
참여했다.

장혜영

우 나
리 라
는 에

아 살
직 고

나 있
라 지
다
운 못

하
다

2021

10

16

　　지난 6월 말, 국회에서 대정부질문이 열렸다. 대정부질
문은 말 그대로 국회가 정부를 상대로 여러 현안이나 의제
에 대해 질문하고 대답을 듣는 자리다. 나는 정의당을 대표
해 교육·사회·문화 분야의 대정부질문을 맡게 되었다. 벌
써 출범 5년차에 접어든 문재인 정부를 상대로 하는 대정
부질문이었다. '촛불정부'를 자임해 온 문재인 정부가 지난
임기 동안 해왔던 일들을 평가하고 얼마 남지 않은 임기 가
운데 반드시 마무리해야 할 일들을 상기시켜야 하는 자리
였다.

　　정권 교체의 크나큰 힘이었던 촛불광장의 시작이 다
름 아닌 세월호 참사임을 부정할 사람은 많지 않을 것이다.
'겉보기에는 눈부시게 발전한 것처럼 보이는 우리 사회가

사실은 안에서부터 단단히 망가져 있는 것은 아닐까.' 세월호 참사는 사람들의 마음속에 이런 반성과 성찰의 촛불을 켜 올렸다. 집단적 성찰의 힘은 실로 강력했고, 정치는 여기에 조응했다. 2016년 총선, 박근혜 대통령의 탄핵, 그리고 2017년의 조기 대선까지 정치는 끊임없이 세월호를 호명했다. 노란 리본을 찾는 것은 어렵지 않았다. 그리고 4년이 흘렀다. 어느새 '촛불정부'가, 그 정부를 엄호하는 거대 여당이 '세월호'라는 단어를 언급하는 일은 눈에 띄게 잦아들었다. 모든 진상이 명백히 규명되고 우리가 이미 충분히 안전한 나라에 살고 있기 때문일까. 지금도 곳곳에서 일어나고 있는 온갖 인재(人災)들은 고개를 가로젓는다. 안전한 나라를 만들겠다던 촛불의 초심은 어디로 가버린 것일까.

대정부질문 당일, 나는 김부겸 총리에게 물었다.

"총리님, 세월호 참사의 원인이 무엇이었습니까?"

"우리 사회 곳곳에 스며들어 있던 안전과 인명에 대한 경시, 불감증 이런 부분들과 작은 부패의 고리들이 이리저리 엮어져 결국 그 귀한 젊은 생명들을 떠나보낸 것이 아닌가 생각합니다."

나는 다시 물었다.

"세월호 참사의 원인에 여전히 정확하게 다 밝혀졌다고 단언하기 어려운 부분이 있다는 건 알고 계실 겁니다. 그럼에도 지금까지 밝혀진 세월호 참사의 구조적 원인 가운데 하나는 바로 선박의 불법적인 구조 변경, 과적 등으로 인한 복원력 저하입니다. 최소한 이렇게 사람이 개선을 이 뤄낼 수 있는 분야인 선박의 불법적인 구조 변경, 과적의 문제는 문재인 정부에서 깨끗이 해결되었습니까?"

총리는 적잖이 당황한 눈치로 내가 지적한 내용에 대한 통계를 알지 못한다고 답했다. 나는 다시 물었다.

"안타깝게도 문재인 정부 들어서도 많은 선박들은 여전히 선박 검사 없이 항행을 하거나 불법 증개축을 하고 화물을 과적한 채 운행하고 있습니다. 중앙지방해경이 올해 2월 말부터 14주간 단속을 한 결과, 불법 증개축, 고박 지침 위반을 포함한 해양 안전 저해 행위가 무려 263건입니다. 겨우 14주 동안 263건입니다. 그렇다면 지난 4년 동안은 어땠던 걸까요? 이에 대해 국무총리로서 어떻게 생각하십니까?"

"입이 열 개라도 할 말이 없습니다."

그날 대정부질문에서 나는 안방의 세월호 참사라고 불렸던 가습기 살균제 참사, 끝없이 이어지는 위험의 외주화로 인한 산재 사망과 최근 일어난 광주 공사 현장 붕괴 참사까지 국민들의 마음을 분노와 안타까움에 휩싸이게 했던 사건들을 짚으며 정부의 역할이 무엇이었고, 무엇이어야 했는지를 물었다.

촛불 이후, 시민들의 요구는 명확했다. 나라다운 나라, 좀 안전한 나라에 살고 싶다는 것이었다. 적어도 수학여행을 가다가 죽지는 않는 나라, 일하러 갔다가 죽어서 돌아오지 않는 나라, 버스 타다가, 길 가다가 죽지 않는 나라에 살고 싶다는 것이었다. 이런 나라를 4년 안에 만드는 것이 문재인 정부에게는 너무 어려운 일이었느냐는 내 질문에 총리는 정부도 각 분야에서 노력을 했지만 여전히 부족했다는 다소 모호한 대답을 내놓았다. 차라리 어려웠다고 솔직히 대답하길 바랐다. 그리고 이제라도 사력을 다해 바로잡아 가겠노라고 답하길 바랐다. 그러나 마음을 열고 책임을 통감하기보다 정부를 방어하기 급급한 총리의 모습에 쓴웃음이 나왔다. 중대재해처벌법의 시행령이라도 실효성 있게 제대로 만들어줄 것을 당부했지만, 결과적으로 그 또한 공허한 말잔치로 끝나고 말았다.

세월호 참사 7주기가 지난 2021년의 오늘에도 세월호 참사가 우리 사회에 던진 질문은 여전히 현재 진행형이다. 가족협의회는 여전히 생때같은 자식들이 왜 그렇게 죽어야 했는지 속 시원히 알지 못한다. 총리가 세월호 참사의 원인으로 짚은 안전불감증과 인명에 대한 경시, 작은 부패의 고리들은 여전히 우리 사회 곳곳에 스며들어 있다. 우리는 아직 '나라다운 나라'에 살고 있지 못하다. 지치고 괴롭고 서글프고 실망스럽지만 바로 그러하기에 우리는 계속 변화를 촉구해야 한다. 우리는 나라다운 나라에서 살아갈 자격이 있다. 시민들이 안전하게 살아갈 수 있는 나라를 만들기

장혜영

위해 정치가 나서야 한다. 이제 다시 정치의 시간이다. 이번 대선은 '누가 더 나쁜 놈이냐'를 가리는 선거가 아니라 누가 세월호를 잊지 않았는지, 누가 세월호가 남긴 질문을 여전히 끈질기게 성찰하고 있는지를 가리는 선거가 되어야 한다. 우리 자신을 위해, 그리고 우리가 사랑하는 사람들을 위해서 그렇게 되어야만 한다.

장혜영

녹색정의당 비례대표 국회의원. 2021년 『타임(Time)』 '떠오르는 인물 100인'에 선정되었다.

무과수

가을이 '언제 오나' 기다리며, 연이어 이어지는 낮의 더위에 '아직이려나' 했는데. 차가워진 밤공기에 화들짝 놀라며 긴 옷을 꺼내 입는 계절이 왔다. 여름내 덕지덕지 붙어 있던 끈적임이 온데간데없이 사라지고, 밤낮으로 창문에 스미는 또렷한 공기에 상쾌함이 가득 차 있다.

지난밤, 언니들과 오랜만에 모였다. 우리를 설명하자면 서로를 응원하기 위해 존재하는 사람들이랄까. 무엇을 하든 칭찬부터 나오는, 미래를 희망차다 굳게 믿고 살아가는 이들이다. 오랜 시간 함께한 사이도 아닌데 질투와 증오, 의심이 없는 관계는 요즘 시대에 더 귀하다. 앞으로 나아가는 데 큰 원동력이 되기 때문이다.

정갈하게 차려진 제철 음식과 그에 어울리는 약주 '일

엽편주'를 한 잔씩 홀짝이며 대화가 시작됐다. 우리는 만나면 보통 맥락 없어 보이지만 결국 삶으로 이어지는 이야기들을 주로 나눈다. 나는 관심 있는 것 빼고는 관심이 없는 편이라 정보 습득이 느려, 언니들이 먼저 듣고 온 발빠른 세상 이야기에 감탄하기 바쁘다. 자신이 보고 배운 것을 아낌없이 내어주고, 나는 그걸 또 감사히 받아 또 다른 이야기로 내어준다. 느린 사람과 빠른 사람이 어떻게 공존할 수 있는지는 우리를 보면 알 수 있다.

세상에는 정말 내가 알지 못하는 다양한 일들이 일어나고 있었다. 'AI', 'NFT', '메타버스', '비트코인' 등 미래라고 불리던 것들이 현실로 막 들이치는 시대. 분명 흥미로움도 있지만, 점점 내가 살고 있는 곳이 오프라인인지 온라인인지 헷갈리게 되는 혼란도 존재한다. 먼 미래까지 닿던 대화는 다시 우리가 사랑하는 '아날로그'로 돌아와 결국 이곳을 벗어날 수 없다고 입을 모아 말했다. 그러곤 아날로그와 디지털을 모두 경험하고 다양한 차별, 일의 방식, 주거 등에 대한 인식이 바뀌는 지각변동의 시대에 살고 있는 우리 세대를 귀하다고 표현했다.

그 이후로 음식이 몇 번 더 나오고, 술을 몇 잔 더 기울이니 대화가 점점 무르익어 갔다. 항상 말하는 거지만 우리의 대화는 우리만 듣기 참 아깝다. 이런 농도 깊은 대화를 더 많은 사람과 나눌 수 있다면 조금 더 가치 있는 세상이 될 수 있지 않을까.

다시 돌아가서, 마지막 대화의 주제는 '축제'였다. 최근에 읽은 책 『우리, 이토록 작은 존재들을 위하여』(사샤 세이건, 홍한별 옮김, 문학동네 2021)에서 나라에서 정해준 기념일 말고 스스로 기념일을 만드는 것에 대한 내용을 보고 감명을 받았던 참이었다.

"그러지 말고, 우리가 직접 축제를 만들어보자!"

우리는 현실이 아닌 오직 상상만으로 벌써 멋진 축제 하나를 단숨에 만들어버렸다. 축제의 프로그램, 사람들의 참여 방식 등이 꽤 구체적이었다. 쓰레기가 없는 지속가능한 축제를 만들고 싶다거나, 진심으로 우리가 바라는 삶의 가치에 공감할 수 있는 사람이 왔으면 한다거나, 사진을 찍지 않는 것을 규칙으로 해서 각자의 기억 속에만 남아 신기루 같은 시간이 되었으면 한다는 바람도 덧붙였다.

"모닥불도 피우자."

"나 벌써 그 앞에 앉아 있어."

"난 이미 감동받았어."

우리는 분명 성수의 어느 술집에 앉아 있을 뿐이었는데, 벌써 우리의 마음은 우리가 만들어낸 상상 속 축제에 모두 도착해 있었다.

맥락 없는 대화처럼 보일 수 있지만, 중요한 건 이 속에는 진심과 희망이 존재한다는 것이다. 축제를 만든다는 건 또 하나의 세상을 만드는 것과 같다. 우리가 바라는 세상은 어쩌면 너무나 당연할지도 모르겠다. '그 어떤 이유에서건

외면받는 사람 없이 모두가 각자의 삶을 잘 누리며 살아가는 곳.'

한마음 한뜻을 가진 사람들이 어느 숲속에서 한날한시에 만나는 상상을 했다. 별이 쏟아질 듯한 깜깜한 밤 아래 모닥불이 피어오르고, 우리는 서로가 누군지 모른 채 그저 함께 삶을 노래하고 춤을 추고 사랑할 것이다. 그 순간만큼은 그 어떤 것도 짊어지지 않고, 오로지 웃음을 가득 머금은 채로.

무 과 수

삶의 단면을 기록하는 작가.『안녕한, 가』『집 다운, 집』『무 과 수 의 기록』 등을 썼 다.

2 0 2 1
1 2
1 6

오늘 4·16재단에서 주최하는 청소년 문화제에 다녀왔다.

대기실에 들어가 보니 노란 리본 배지와 팔찌, 생존자 학생들로 이루어진 '메모리아'에서 제작한 여러 개의 스티커가 테이블 위에 놓여 있었다. 스티커는 이대로 가져가면 잃어버릴 것 같아 전부 핸드폰 케이스에 붙였다. 오른쪽 어깨 밑에 배지를 달고, 왼쪽 손목에 팔찌를 찼다. 아주 오랜만이었다.

공연 전, 인터뷰가 있었다. 인터뷰를 진행해 주신 분은 지난 안산에서의 강연 행사에도 계셨다고 했다. 나 그때 살짝 울먹거렸던 거 같은데, 좀 창피했다. 가벼운 근황 질문이 있었고, 그 뒤엔 결코 가볍지 않은 질문이 있었다.

"세월호 참사 당시, 그날을 어떻게 기억하시나요?"

나는 그날에 대한 기억이 또렷하지 않다. 사실은 딱 한 장면이다. 잔잔한 바다에 기울어진 배. 그날따라 유독 일찍 일어나 티비를 켜고 채널을 돌리다가 뉴스를 봤고, 전원 구조라는 자막을 보았다. '그래, 그럼 그렇지, 우리나라가 어떤 나라고 요즘이 어떤 시댄데. 무사히 구조돼서 다행이다. 정말 큰일 날 뻔했네.' 하며 안도했던 기억. 오보라는 기사를 다시 접한 뒤로는 핸드폰을 손에서 놓지 못하고 하루 종일, 매일같이 기사를 찾아보았다. 슬퍼하고 분노하는 날들이 지속되었다. 사건 당일의 충격보다 그날 이후 매일매일의 충격이 더 컸다. 하지만 내가 그때 느꼈던 절망감과 분노를 설명하기엔 인터뷰는 너무 짧다.

리허설을 마치고 대기실로 돌아가려는데 관계자 한 분이 선물 상자를 주셨다. 희생자 어머님들이 만든 나비 브로치와 스카프라고 했다. 감사 인사를 하고 돌아서는데 목이 메었다. 지금 울면 정말 큰일이라 얼른 대기실로 들어가서 리본 배지 위에 나비를 달았다. 이 나비를 절대 잃어버리면 안 된다는 생각이 들었다.

「썸머 타임」과 「새 신발」 두 곡을 부르고 나서 진행자인 스테파니 언니와의 중간 인터뷰가 있었다. 역시 가벼운 몇 가지 질문을 지나, 조금은 어려운 질문이 나왔다.

"모두가 안전한 사회를 만들기 위해서, 가장 중요한 건 다음 네 가지 중 무엇이라고 생각하시나요? 책임, 평등, 안전, 관계 중에서요. 물론 네 가지 모두 중요하지만요."

나는 평등과 관계, 두 가지를 꼽았다. 그중에서도 먼저는 평등이라고 생각한다고 답했다. 평등이 이루어져야 온전한 관계가 성립할 수 있다고 믿기 때문이다. 너와 내가 같은 인간이고, 동등한 인격체라는 존중이 있을 때 모두의 안전을 고민하고, 비로소 모두의 책임이 된다.

나는 평등하지 않기에 대화가 단절되는 상황을 종종 겪었다.

"난 배 타고 제주도 갈 일 없으니까 상관없어."

세월호 참사 이후 실제로 들은 말이다. 많은 사람들이 본인이 겪지 않은 일에 대해서, 겪지 않을 거라고 생각하는 일에 대해서 공감하려는 시도조차 하지 않는다. 그러나 삶은 불확실하고 영원한 것은 아무것도 없다. 배를 타지 않아도 지하철이, 어떤 대교가, 자주 가는 백화점이 무너질 수 있고, 강한 신체적 힘 역시 사고로, 혹은 병으로, 자연스러운 노화로 언제든 잃을 수 있다. 타인의 고통에 함께 슬퍼하고 분노하진 못하더라도 최소한 겸손해야 하는 이유다.

공연을 마치고 집에 돌아와서 나비 브로치와 리본 배지를 빼고 옷을 갈아입었다. 줄로 된 노란 리본을 자주 메는 가방끈에 달았다. 리본 스티커를 노트북에 하나, 냉장고 문에 하나 붙였다. 남은 스티커 몇 개를 어딘가 붙이고 싶은데 적당한 곳이 떠오르지 않는다. 팔찌와 배지는 금방 또 잃어버릴 것 같지만, 나비 브로치만큼은 절대로, 절대로 잃

핫펠트 (예은)

어버리고 싶지 않은데. 책상 서랍에 넣어두자니 의미가 퇴색될 것 같고, 옷에 달고 다니자니 어딘가에서 흘릴 것 같다. 나는 왜 이렇게 덜렁대는 걸까.

사실, 나는 올해 4월 16일을 잊었다.

드라마를 보다가 차 번호가 0416인 것을 보고 '어 저거 뭐였지, 누구 생일이었나?' 하다가 한참 뒤에야 '맞다, 세월호, 그날이구나' 한 적도 있다. 어느 해 4월 16일엔 '어 오늘 무슨 날이었던 거 같은데… 누구 생일이던가?' 하다가 다음 날쯤 깨달아서 추모 글을 쓰지 못했다. 섬세하지 못한 탓인지 친구들과의 기억, 가족과의 추억도 다 잊어버리는 나지만 4·16만큼은 절대로 잊지 못할 거라 생각했었다. 죄책감이 들었다. 누군가 계속 기억하고, 말해주지 않으면, 사람은 정말 쉽게 잊는다.

그래도. 만약 내가 내년 4월 16일을 까맣게 잊는다 해도 17일에, 18일에는 떠올릴 거다. 5월 26일에도, 7월 무더운 여름날에도, 추석에도, 다시 돌아오는 12월 3일에도 기억할 거다. 그렇게 절대로, 잊지 않을 거다.

핫 펠 트 (예 은)

싱 어 송 라 이 터. 『1719 ─ 잠 겨 있 던 시 간 들 에 대 하 여』 등 을 발 표 했 다.

하 연 주

내
영 혼 은 당 신 과 생 을
이 어 나 갔 다

2022
1
16

어릴 적 나는 불미스러운 사고에 대해 끊임없이 생각했다. 타고 있던 엘리베이터가 추락하는 것, 놀이기구가 멈추는 것, 자동차가 미끄러져 벽을 들이받는 것. 일상 속에서의 희박한 사고에 대해 생각하고 또 생각했다. 사고 끝엔 죽음이 있었다. 어린 나는 죽음이 두려웠다. 미래를 생각할 수 있는 나이가 되어서야 죽음에 대한 생각을 멈출 수 있었다.

오랫동안 생각하지 않던 죽음을 다시 생각하게 된 계기는 수년 전 호주 서쪽을 여행하던 중에 겪은 자동차 사고였다. 승용차 뒷자리에서 선잠을 자며 다음 목적지로 이동하던 중이었다. 이상한 흔들림에 눈을 떠보니 차가 도로를 벗어나고 있었다. 놀라 비명을 지르자 제자리로 돌아오는

가 싶더니 이번엔 중앙선을 넘어 반대편 차선을 지나 덤불들을 들이받으며 도로를 완전히 이탈했다. 멈출 줄 모르고 달리는 차 안에서 덤불 뒤의 절벽을 상상하며 나는 무기력하게 죽음을 기다렸다. 다행히 우리의 차는 나무를 받으며 멈추는 것으로 사고가 마무리되었다.

그때 나를 잠시 스쳐간 죽음은 경험해 보지 못한 종류의 감정과 생각으로 나타났다. 돌아오는 비행기 안에서 아기 우는 소리를 듣자 눈물이 쏟아졌다. 죽을 것 같다는 공포가 엄습했다. 한국에 돌아와 운전을 할 때면 언젠가 길위에서 죽을 운명이라 스스로를 단정 지으며 불행해했다. 죽을 것 같다는 공포와 곧 죽을 것이란 체념이 나를 지배했다. 몇 번의 계절이 지나서야 나를 뒤덮은 공포와 체념이 희미해지기 시작했으나 다시 켜진 죽음의 스위치는 끌 수 없었다.

다시 어렸을 때처럼 죽음과 사고, 사고와 죽음에 대해서 생각하기 시작했다. 그렇게 몇 년이 지나 우연히 친구의 경험을 듣게 되었다. 순식간에 일어난 사고로 숨이 끝까지 빠져나가 턱 하고 막힌 순간 죽음을 받아들였다는 친구의 말에 머리가 울렸다. 우리 각자가 곧 죽을 것이라고 느꼈던 각각의 시간에 죽었던 건 아니었을까. 그런 줄도 모르고 이렇게 살고 있는 게 아닐까. 그런 영혼들이 만나 친구가 된 게 아닐까. 나의 말을 들은 친구는 허허 웃었다.

다시 몇 년의 시간이 지나 오늘이다. 오랜만에 탄 비행기 안에서 잊고 있던 이 일련의 일들이 떠올랐다. 포르투갈에서 이탈리아로 가는 작은 비행기가 안전벨트를 매라는 표시등을 켜며 요동치고 있었다.

나는 그때 호주에서 죽은 것일까?
이번에 나는 죽게 되는 걸까?
그때 나는 죽고 계속 생을 이어나간 건 아니었을까?
이번에 나는 죽고 계속 생을 이어나가게 되는 건 아닐까?

흔들리는 컴컴한 비행기 안에 앉아 생각이 거기까지 미치자 두렵기보다는 안타까웠다. 혹 그런 것이라면 어떻게 해서든 나의 가족과 친구들에게 이 말을 전하고 싶었다.

나는 내가 죽은 줄도 모르고 이곳에서 당신과 잘 살고 있다고. 미래를 생각할 줄 알게 된 때부터 품어왔던 꿈들을 도전하며 살고 있다고. 모험을 하고 좌절을 겪고 남들처럼 기쁨과 슬픔, 행복과 불행을 느끼며 평범하고 특별하게 살고 있다고. 그러니 당신도 그곳에서 잘 살라고. 끝난 줄도 모르고 나의 영혼이 만끽하고 있는 삶을 부디 당신도 살라고.

비행기의 흔들림이 줄어들고 있다. 안전벨트 표시등에

108   하연주

불이 꺼진다. 늘 그래 왔듯이 비행기는 무사히 안착할 것이다. 착륙과 동시에 안도의 박수를 치는 승객들 사이에서 나는 숨을 고르고 다시 당신과 살아가기 위해 걸음을 옮길 것이다. 내 영혼의 꿈일지 생시일지 모르겠으나 내가 늘 그래 왔듯이 말이다.

하 연 주

세상을 여행하고 탐험하는 배우.

암
기

2022
2
16

숙자를 세고 기억하는 일에 둔해지고 있다. 어린 날에는 가까운 사람들의 핸드폰 번호, 생일과 기념일을 기억하고자 애를 썼는데 나는 이제 그런 노력을 전혀 하지 않는다. 공과금 납부일, 전세자금 대출이자가 오히려 내게 친숙한 숫자가 되었다. 포털 사이트에서 오늘이 어떤 특별한 날인지 매일매일 알려준다. 메신저에서 생일인 사람들을 놓치지 않게 케이크 이모티콘을 덧대고 생일자를 상단에 위치하게끔 한다. 그 사람의 프로필을 누르면 폭죽이 펑펑 터진다. 나는 약간의 가책을 느끼며 그 사람에게 어울리는 기프티콘을 고르고 축하를 건넨다. 세상은 내가 알고 있는 것보다 더 축하할 일로 빼곡하다. 스크린을 몇 번 터치하면 나의 기억력이 복원된 것처럼 내게서 빠져나간 정보들을 찾을 수 있다. 수많은 데이터가 내 주변을 맴돌고 나를 챙겨주는데 정작 내 기억은 힘을 잃어간다. 어쩐지 이상한 일이다.

나는 나의 기억을 관장하는 것, 활성화시키는 것에 욕심이 있다. 나는 우울감으로 인해 십대 초중반에 겪은 전반적인 일을 세세히 기억하지 못한다. 그게 내 의도하에 삭제된 것이란 걸 우울과 거리두기를 하게 되면서 알게 됐다. 침체된 시절이라고 결론 내고 생각하기를 중단했는데, 그때 만난 인연들이 현재에 침입해서 나를 설명할 때가 있다. 잘 웃고 명랑했다고. 기억이 힘을 잃는 것은 눈먼 시야를 갖게 되는 것과 같다. 그 시야는 내가 삶에 보인 긍정성을 가장 먼저 흐릿하게 만들었다. 흐릿함 때문에 내게 가장 밀접한 행위로써 사진을 택한 것이 아닐까 생각한다. 사진은 거대한 향수이다. 가끔 오독을 부추기기도 하지만, 무엇보다도 명징하다. 나는 사진의 특질과 동행하면서 조금씩 기억을 회복했고 모든 것을 처연하게 바라보는 일에서 걸어나와 시간을 만지기 시작했다.

전시를 본다고, 촬영한다고 광화문 근처를 서성이는 일이 많았다. 그곳이 누군가에게는 치열한 삶의 자리라는 것을 미처 모르고 야경이 예쁜 곳이라고 생각하며 거닐었다. 4·16기억저장소 앞에 세월호 참사 미수습자 현수막이 너풀거렸다. 그 속에서 내가 잊고 지낸 얼굴과 눈이 마주쳤다. 세월호 참사 당일을 더듬어본다. 나는 학교에 가고 있었다. 버스, 지하철, 음식점…. 모든 곳의 텔레비전 화면이 기울어진 그 배를 비추고 있었다. 다들 숨죽이고 그 상황을 지켜보고 있었다. 전원 구조했다는 뉴스에서 사망자, 구조자 합계를 실시간으로 보여주는 뉴스로 바뀌었다. 날씨가 흐리다는 뉴스로, 노란색 점퍼를 입은 정치인이 나와 효용성 없는 말을 하는 뉴스로 바뀌었다.

안산에서 학교를 다니고 있는 친구들은 장례식장 봉사를 갔다. 사진과 동기는 매주 진도 팽목항에 가서 사진을 찍고 쪽잠을 잤다. 팽목항에 같이 가자는 제안을 받았지만 나는 매번 엄두를 못 내고 거절했다. 그들의 애도에 비해 나의 애도가 무척 하찮게 느껴졌다. 커다랗게 세워진 안산 합동분향소에 갔다. 줄이 길었는데 사람 말소리가 하나 나지 않았다. 영정사진은 켜켜이 쌓이고 쌓여 사람의 키를 훌쩍 넘어 있었다. 한 아저씨가 욕지거리를 하면서 오열했다. 그 마음이 다분히 이해가 되었으나 나는 입을 벙끗하지도 못했다. 국가의 무능함, 나의 무력함에 집어삼켜져 분노도, 슬픔도 다 안으로 밀어넣고 있었다. 마음에 검은 섬이 들어찼다.

6년이 지나고 나는 세월호 참사 6주기 추념전의 작가로 발탁되었다. 세월호 참사 희생자의 형제자매 나이대의 작가들로 구성되어 있었고, 각자 세월호를 감각하는 것에

황 예 지

차이가 있었다. 6년이 지난 지금 세월호를 얘기한다는 것이 무엇인지, 어떤 이야기가 필요한지에 대해 치열하게 이야기를 나누었다. 누군가는 시스템에 대한 반문을, 누군가는 나아지지 않는 세상, 그 연속성에 대한 열거를 했다. 나는 작업하는 내내 사무치는 마음에 자꾸만 졌다. 작업보다 늦게라도 제대로 된 애도를 하고자 하는 마음을 가지고 진도 팽목항, 목포신항, 4·16기억교실, 4·16기억저장소, 단원고등학교, 화랑유원지… 내가 그때 향하지 못했던 곳들을 찾아갔다. 그곳을 사진으로 담으며 고개 숙이고 기도했다.

세월호는 내가 생각한 것보다도 녹슬었고 곳곳에 묶인 노란 리본들은 색이 바래 있었다. 뒤늦은 애도의 자리가 내 작업이 되었다. 부끄러웠다. 그곳을 걸으며 애도의 너비에 대해 생각했다. 개인적인 차원의 애도를 넘어서, 사회적인 차원에서의 애도란 무엇일까. 세월호라는 단어는 이제 온전히 참사만을 뜻하지 않는다. 감정, 정치, 경제와 묶여 사회에서 작동된다. 우리 사회의 너무 큰 치부이기에 날카롭고 찔리기 쉽다. 그 점을 이용해서 자신과 다른 권력 세력을 공격하는 무기로 사용되고 있다. 아파트가 붕괴되고 노동자가 죽고 자살률이 치솟고 있다. 아이들의 설문지에서 가장 중요한 것으로 돈이 선택된다. 가성비, 값싼 노동과 효율을 찾다가 사람들이 죽어가고 있다. 죽음을 숨기느라 바쁘다. 사회적 트라우마가 치유되지 않은 채, 이 사회는 비극이 주는 가르침을 뒤로하고 개인의 성장과 발전만을 도모하며 나아간다.

　세월호 참사에서 만 7년하고 9개월이란 시간이 지났다. 시간은 계속해서 우리를 스치고 지날 것이다. 편리한 세상 속에서 기억은 힘을 점점 잃을 것이다. 언젠가부터 나는 편안함과 편리함이 섬뜩하게 느껴진다. 밤에 배송시킨 책과 음식이 다음 날에 오고 수많은 정보를 정제 없이 찾아볼 수 있다. 인간성과 이타심을 유지하는 것은 이 사회에서 효율적이지 않은 일로 판정되고 미끄러진다. 수많은 광고, 신체 이미지, 축하할 일들 사이에서 알게 모르게 폭력, 비극의 바운더리는 점점 좁아지고 있다. 가까이 오고 있다. 이것을 늦추려면 모두가 조금씩 불편해야 하지 않을까. 4·16이라는 숫자를 외워본다. 지킨다는 건 본래 효율적이지 않고 불편한 일이다.

황 예 지

사진가. 1993년 서울에서 태어났다. 수집과 기록을 즐기는 부모님 밑에서 자랐고 그들의 습관 덕분에 자연스레 사진을 시작했다. 사진과 에세이, 인터뷰 등 다양한 형식을 다루며 개인적인 서사를 수집하고 있다. 개인의 감정과 관계, 신체를 통과해 사회를 바라보고자 한다. 사진집 『mixer bowl』과 『절기, season』, 산문집 『다정한 세계가 있는 것처럼』, 『아릿한 포옹』을 출간하고 개인전 〈마고〉, 〈부족한 별자리〉를 열었다.

아세테이트를 소재로 한 안경테를 즐겨 씁니다. 아세테이트 테가 가진 형태를 좋아합니다. 차갑지도 않고, 적당히 단단하고 매끄러운 질감을 좋아합니다. 관리가 편하기도 하여 외출을 할 때면 아세테이트 안경을 쓰고 나가곤 합니다. 안경이 표정의 윤곽을 잡아준다고 생각합니다. 안경을 고르는 일은 다른 물건을 고르는 것보다 까다롭습니다.

안경은 타인이 저를 볼 때도 보이지만 제가 타인을 볼 때도 보이는 물건입니다. 안경을 사이에 두고 서로를 보게 됩니다. 그러니 안경까지가 제 표정일 것입니다. 안경 덕에 가끔은 조금 둥근 사람이 된 것 같고 가끔은 선명한 사람이 된 것 같기도 합니다.

안경을 쓰는 시간이 늘어날수록 안경을 고르는 기준

도 달라지게 되었습니다. 여전히 안경은 옷의 색과 톤에 따라 바꾸기도 하고, 기분에 따라 바꾸기도 하는 액세서리입니다. 제가 가진 가장 단정한 액세서리겠죠. 테의 형태와 색이 마음에 들면 조금의 불편함은 감수하기도 했습니다. 책을 읽고 글을 쓰고 운전을 할 때만 안경을 쓰기도 했습니다. 하지만 점점 안경을 쓰는 시간이 늘어났습니다. 결국 아무리 근사해도 불편함을 감수하면서까지 하는 액세서리가 될 수는 없었습니다. 근사한 안경을 써도 그 불편함은 제 표정 어딘가에 남아 있을 테니까요.

종종 두통이 생기고 어지럼을 느끼곤 합니다. 그럴 때 제일 먼저 하는 일은 안경을 벗는 일입니다. 눈을 감고 목을 뒤로 젖히고 산소 발생기를 틀고 두통이 지나가길 기다립니다. 평소 무게감을 의식하지 못하던 안경을 그제야 느끼곤 합니다. 안경이 그리 무거운 것이었나 느끼곤 합니다.

얼마 전 티타늄 안경을 구입하였습니다. 건강치 않을 때도 어지러울 때도 버겁지 않을 무게를 찾게 되었습니다. 착용감을 최우선으로 생각할 때 티타늄 안경만 한 것이 없었습니다. 이 안경은 제가 가진 안경 중 가장 얇고 가벼운 안경입니다. 그러다 보니 피로도가 덜했습니다.

그렇다고 두통과 어지럼이 사라진 건 아닙니다. 여전히 그런 순간이 찾아오면 안경을 먼저 벗습니다.

정말 안경이 무거운 것일까요. 아니면 저의 건강이 그

성 동 혁

테까지 무겁게 만든 것일까요. 두통과 어지럼은 안경의 무게 때문만은 아닐 겁니다. 그렇지만 가끔은 어떤 이유를 찾기 위해 노력합니다. 그렇게 하나하나 바꾸어가다 보면 두통과 어지럼을 덜어낼 수 있다고 생각하면서요.

4월 16일에 우린 같은 안경을 나누어 가진 것 같습니다. 누군가는 보지 못했던 것을 보고, 누군가는 안경의 무게 때문에 여전히 고개를 숙이고 있을 것입니다. 누군가는 보이지 않는 것들을 보여주기 위해 끊임없이 노력하였습니다. 우리가 어떤 무게를 나누어 가질 수 있을지는 모릅니다. 애초에 나누어 가질 수 없는 무게일지도 모릅니다. 그러나 같은 안경을 나누어 가지고 서로의 표정을 보며, 조금씩 조금씩 어지럼을 걷어내고, 조금씩 조금씩 선명히 걷고 있다고 믿고 있습니다.

가끔 친구가 다니는 교회에 가 예배를 드립니다. 단상엔 여전히 노란 리본이 있습니다. 그 리본이 어떤 설교 말씀보다 커다랗게 다가오곤 합니다. 뒷유리창에 노란 리본을 달고 다니는 자동차들도, 가방에 노란 리본을 달고 다니는 사람들도 여전히 존재합니다. 그리고 이 글을 읽는 분들처럼 잊지 않고 1월에도 2월에도 3월에도 그 어느 달에도 4월을 기억하는 분들이 있습니다. 그분들의 안경을 포개어 봅니다. 덕분에 선명히 보이는 것들이 있다고 고백합니다.

3월입니다. 곧 개나리가 필 것입니다. 그러나 언제부터였는지 3월은, 4월은, 꽃 없이도 노랗습니다.

성 동 혁

시 인. 2011년 『세 계 의 문 학』 신 인 상 으 로 등 단 해 시 집 『아 네 모 네』, 산 문
집 『뉘 앙 스』 등 을 썼 다.

3부

생일 축하해, 연덕.

가느다란 초의 심지에서 타오르는 불빛을 본다. 어떤 소원을 빌지 고민하는 사이 초를 타고 내려오는 형형색색의 촛농도.

카메라로 아무리 담으려 해도 담기지 않는 것이 있다. 순간적으로 일고 순간적으로 사그라드는 촛불은 그 앞에 앉은 사람들끼리만 나눌 수 있는 것이라 내가 더욱 사랑하는 것인데, 이 짧고 생생한 어둠이 차가움과 뜨거움 정중앙에 맺혀 있기 때문에도 그렇다. 방심하고 있던 차가운 케이크 표면에 뜨거운 기쁨의 속도로 흐르는, 그러다 이내 크림의 뼈처럼 딱딱하게 식어 굳어버리는 초. 차가움에 뜨거움이 겹쳐지고 뜨거움이 다시 차가워지는 찰나에만 가능해지는 이상한 반짝임, 축하의 순간.

1년 중 가장 좋아하는 순간을 길게 늘인다. 테이블 하나만큼의 크기로 환해진 저녁을 앞에 두고, 아까보다 느슨해진 얼굴의 친구들을, 케이크 상자가 가볍게 덮고 있는 테이블의 나뭇결을, 취향이 까다로운 친구들이 손수 구해 온 초와 케이크를 내려다본다. 통통한 딸기가 나무들처럼 빽빽하게 모여 숲을 이루는, 순백의 생크림 케이크.

시끌벅적하고 다정한 친구들을 둔 탓인지, 4월생인 나는 늘 예기치 못한 방식으로 축하를 받았다. 4월이라는 달이 가진 어딘가 어수선한 기운 때문에도 그렇겠지만, 내 주위에는 늘 나보다 감정적이고 낭만적인 친구들이 있었다. 지난 주말에는 얼마 전 친구가 이사한 집에서 축하를 받았는데, 친구의 방 창문에서 3/4 정도 내다보이던 매화도 함께였다. (다른 집 지붕이나 철골 등에 가려져 나머지 1/4은 보이지 않았다.) 친구의 집까지 걸어오는 사이 정말 크고 아름다운 매화나무네, 생각했었는데 이 방에서 내다보일 줄이야. 있지, 훈아. 계절의 변화를 알아챌 무언가가 네 방에서 보여 참 좋다. 다음 계절에는 저 나무가 또 미묘하게 달라 보일 거 아냐, 나는 말했다. 친구는 원래 매화나무를 좋아했다며, 매실이 매화나무의 열매인 건 아느냐고 자리에 모인 모두에게 물었다. 지금껏 매실나무가 따로 있는 줄 알았던 나를 포함해, 탐스러운 미래의 매실 곁에 모여 있던 우리는 그 사실을 처음 알았다.

여름이 되면 향기로운 초록 매실이 열리겠지. 가을이면 거뭇하고 짙은 잎의 색들이 돋아나다 떨어질 거고, 겨울엔 빈 가지만 남을 거야. 그리고 다시 다음 계절이 오면 우리는 오늘을 기억하겠지, 친구는 말했다. 나도 이사온 지 이틀밖에 안 됐지만 말이야, 이렇게 다 같이 앉아 3/4짜리 매화나무 보면서 연덕이 생일 축하하던 날을 기억할거야. 다른 아쉬움은 없을 거야.

다시 창밖을 건너다봤다. 매화나무 묘목이 저 자리에 언제 심겼는지는 모르지만, 아니 처음 싹을 틔우고 작은 나무가 되어 고개를 젖혔을 때가 언제일지는 짐작조차 할 수 없지만, 내 생일에 다 같이 발견했기 때문에 저 매화의 1년은 4월을 기준으로 돌게 되는 것이다. 내년 이맘때 즈음 다시 앉아 복잡한 옛날 레이스처럼 흩날리는 매화꽃을 넋놓고 바라보게 될 것이었다.

나는 올해로 스물여덟이 되었다. 그리고 내가 겨우 대학 신입생이던 그날, 생일 축하를 받고 2주도 채 지나지 않았을 때의 그날, 그러니까 이 매화나무를 알게 되기까지 8년이 남아 있던 그날, 그곳에 탑승했던 모두의 생일과 모두의 4월이 한순간 멈춰버린 그날로부터는 이제 8년이 지났다. 얼핏 둥근 꽃잎이 겹쳐진 것처럼 보이는 8이라는 숫자가 써놓고 보니 더 슬프고 잔인하게 느껴진다. 매년 조금씩 다른

김연덕

색과 크기와 모양으로 꽃을 틔우는 봄나무들을 그들은 영영 보지 못하게 되었으니까.

수업 하나가 끝나고 다음 수업을 가기 위해 꽤 먼 강의실까지 달려가던 그 순간을 또렷이 기억한다. 뭔가 잘못되어 가고 있다는 기분 속에 숨차게 오르던 대학교의 나무 계단을 기억한다. 계단의 삐걱임과 그날따라 설명할 수 없는 역함이 섞여 풍겨 오던 풀 냄새, 어수선함, 부드러운 바람을 타고 여기저기서 들려오던 불안한 소식들. 제발 아닐 거라 믿으며 밀었던 강의실의 문과 열어본 핸드폰에서 발견한 믿을 수 없는 사실들. 여전히 어떤 방식으로 써 내려가야 할지 어렵고, 누군가의 마음에 의도치 않은 유리 조각 끝을 겨누는 것이 되지는 않을까 두려워지는, 자꾸만 길을 잃게 되는 그런 날. 그럼에도 말해야 하고 말해져야 하는 날, 4월 16일.

더 자주 내다보지 못했던 창으로 그렇게 또 봄이 왔다. 오늘을 기준으로 매년 돌게 되는, 너무도 참혹한 1/4짜리 시야로. 차갑고 두려운 그날의 사실들과 대비되는 이해할 수 없이 따뜻한 계절에, 내가 누리는 단순한 사랑에, 원색적인 행복에 죄책감을 느낄 만큼 무겁게 흐르는 봄이 왔다. 친구의 창밖으로 내다보던 매화는 달마다 조금씩 다른 모습으로 빛나겠지만 빛바랜 이날의 색과 형태는 언제나 같다. 멈춰진 자연 같은 이날의 공기를, 감히 짐작할 수조차 없지만 잠시 멈춰 떠올려본다. 그들이 두고 온 그들의 방 밖으로는 어떤 풍경이 펼쳐져 있었을까. 계절마다 모습을 바꾸는 나무나 산이, 그대로인 식탁과 텔레비전과 옷장이 있었을까. 나는 그것에 대해 말하고 싶다. 그들이 만날 수 도 있었을 3/4짜리 매화나무에 대해 말하고 싶다.

전부 보이지 않아 더 소중하고 우습고 아름다운 매화, 그래서 더 기억될 만한 철골 사이의 매화나무가, 곁의 누군가가 전해주었던 생생한 온기가 그들 모두에게도 있었을 것이다. 그들 자신만의 주기를 만들고, 흐르길 기대하고, 계절 속에 어떤 모습이 되어갈지 궁금해한 삶의 디테일들이 있었을 것이다. 생일 케이크와 환하고 어두운 촛농과 농담과 수다의 순간이 있었을 것이다.

4월 16일에 공개되는 에세이를 청탁받았을 때, 어떤 이야기를 써야 하며 또 어디에 초점을 맞춘 글을 써야 할까 고민이 많았다. 용기가 필요한 일이었지만, 나는 내가 가장 좋아하는 순간에 대해 써보기로 마음먹었다. 내 안에 새로운 주기의 1년이 들어온 날에 대해, 3/4만큼 내다보이던 친구네 집 매화나무에 대해 써보기로 했다. 아주 평범한 행복은 새봄을 맞은 누구라도 누릴 자격이 있는 것이었으니까, 슬프게도 이 마땅한 빛을 그들 모두가 강탈당한 것이었으니까.

나는 그들을 지극히 평범한 사람들로 기억하고 싶다.

그들 곁의 완전하지 않은 매화나무를 상상하고 심어 안겨
주고 싶다. 매실과 낙엽과 잔가지를 그들의 머리맡에 놓아
주고 싶다.

김연덕

시인. 2018년 대산대학문학상을 받으며 등단했다. 산문집『액체 상태
의 사랑』, 시집『재와 사랑의 미래』등을 썼다.

유지혜

사
랑
은

시
간
을

얼
린
다

2022
5
16

　새해가 되자마자 별자리 운세를 봤다. 올해는 '뚜껑을 여는 해'라고 했다. 꺼내 보기 두려운 뚜껑을 열어 그 속을 들여다보면 예기치 못한 보물이 있을 거라는 이야기. 유리병에 든 것은 잊혔던 과거의 무언가일 것이다. 그게 무엇일지 생각해 볼 겨를도 없이 곧 비행편이 열렸다. 나는 망설임 없이 집을 떠났다. 오랜만에 기내식을 먹으며 10년 가까이 지속된 이 습관적 경력에 대해 반추하기 시작했다.

　10년 전, 나는 일기장 몇 개를 버렸다. 다가올 수많은 지금들을 담아내려 기억의 창고를 비운 것이었다. 곧 여행이 시작되었다. 그곳에서 나는 지금을 사는 법을 배웠다. 여행에서는 그날만이 중요하기 때문이다.

유지혜

돌이켜보니, 지금만을 살 수 있었던 건 내가 그때 스물 셋이었기 때문이다. 2014년 여름이었다. 젊음이 지나친 자의식을 허락하면서부터 시간은 미래로만 흘렀다. 뉴스 속 지난봄의 비극도 서서히 잊혔다. 보험회사 비서로 알바비를 벌던 봄, 여의도의 한 사무실에서 마주한 그 소식. 교복 입은 이들을 자꾸 만나던 꿈. 계속되는 온화한 날들과 바닷가 앞에 모인 가족들. 아나운서의 목소리로 중계되던 그들의 목소리. 어쩔 줄 몰라 하며 텔레비전 앞에서 울던 나의 어머니 또한. 그 모든 장면들이 희미하게 지나갔다. 나의 바깥에서 일어난 일이라는 착각에 궁핍한 상상력은 힘을 실었다. 청춘은 산뜻하기만 했다.

나의 애도는 인간적이었으나 동시에 일시적이었다. 외국에서 시간은 내 멋대로 만져졌고 나는 내 삶을 소화하느라 바빴다. 이따금 누군가 그 학생들을 알았다는 소식을 들으면 치졸한 공감으로 급히 대화를 마무리하며, 마치 내 것처럼 느껴지는 기이한 슬픔을 얼버무렸다. 꿈에 그리던 젊음을 손에 쥘수록 알 수 없는 죄책감을 느꼈다. 하지만 여행은 이내 모든 걸 끔찍하리만큼 깨끗이 지워주었다. 나는 이곳, 지금, '나'를 제외하고는 모든 것을 잊었다.

그런데 역설적이게도 내가 느꼈던 '지금적인 기분'은 보존된 과거 속이었다. 나는 127년 전에 지어진 건물, 52년 전 만들어진 도로, 39년 전 시작된 이발소에 매료되었다. 그건 반짝반짝 윤이 나게 사랑받은 낡음이었다. 그들의 과거는 나의 지금보다 아름다웠다. 그들은 과거의 것을 현재의 것으로 바꾸려 하지 않았다. 그건 시간을 해치는 잘못된 방식이었다. 오래된 계단, 느린 우편, 매번 낑낑대게 만드는 열쇠 구멍은 파리를 파리로 만들고, 뉴욕을 뉴욕답게 했다. 나는 그 구닥다리 세월의 흔적이 나를 기쁘게 괴롭히는 일을 여행이라 불렀다. 그 불편함을 견디지 못하면 찬란한 지금을 만끽할 수 없었다. 잘 가꿔진 과거는 어쩌면 그 도시들의 전부였다. 그래서 그런 거리를 걸을 때에는 일개 여행객마저 공통된 책임과 기분을 느끼게 되는 것이다. 여행객은 정성스레 보존된 그 도시의 과거를 알아차리며 자신만의 여정에 진입한다. 과거에 갇힌다는 건 도시의 일부가 되는 일이었다. 기꺼이 그 도시의 일부가 될 때 나는 사랑에 빠졌고, 시간은 때때로 멈추기도 했다.

2년 만에 다시 먼 곳에 도착했을 때 별자리가 알려준 뚜껑이 드디어 열렸다고 생각했다. 여행이 재개되는 것 말고 어떤 보물이 더 필요하겠는가. 하지만 나는 행복하지 않았다. 물론 즐거웠지만 보물을 찾았다는 환희는 없었다. 삼십대가 되어 다시 찾은 여행은 온전히 나만의 것이라는 이유로 실망스러웠다. 유리병 안에는 분명 더 크고 중요한 게 들어 있을 것이었다. 안전하고 예쁜 여행 따위가 아닌.

그러다 여행 중 이 원고를 의뢰받았다. 노트북 앞에 앉

유지혜

자, 글자들에 의해 뚜껑이 열렸다. 8년 만이었다. 뚜껑 밑에서 비겁한 나를 직면했다. 다시 찾은 오래된 슬픔은 자극적인 슬픔들에 자리를 뺏겼다. 그때의 나처럼 사람들은 새롭고 개인적인 슬픔을 찾아 떠나버렸다. 몇백 년째 버티고 있는 건물들에 비해 그리 오래 지나지도 않은 그날은 어떻게 무너졌을까. 왜 일상 안에 머물러 있는 사건이 아닌 단지 사적인 상처로 취급받았어야 했나. 세월호는 비어 있는 도시였다. 우리는 슬픔을 유지하는 데 실패했고 누군가에게 더 큰 상처를 안겼다. 그동안 더 낡고 외로웠을 그 배 안팎의 사람들을 잊고 나는 혼자 안전했다. 뉴욕의 택시 앞에서 고개를 숙였다. 활기의 상징인 그 노란색은 다르게 보였다.

맨해튼 길거리를 걸으며 나는 그들의 여행을 생각했다. 그들이 나처럼 여행 중이었다는 것을 왜 이제야 깨달았을까? 그날의 승객들을 내 주머니 속에 넣고, 우리는 함께 뉴욕 거리를 걸어다녔다. 약간의 두려움과 설렘으로 만들어진 여행의 표정들을 마주하면서. 그 표정 앞에서 나는 질문했다. 이름이 뭐예요. 나이는 몇이에요. 그날 아침은 무엇을 먹었어요. 어떤 여행을 꿈꿨나요. 옆 사람과 어떤 대화를 나눴나요. 전날 잠은 잘 잤나요. 누굴 끝까지 생각했나요. 지금은 잘 지내고 있나요. 그곳은 이곳보다 훨씬 다정한가요. 나는 그들에게 묻다가 이곳의 안부를 전하기도 했다. 여긴 아직 슬퍼요. 비밀은 잔인하고 사랑은 부족해요. 세상은 여전히 아름답지 않고요. 자기밖에 모르는, 나 같은 사람들 때문에요. 깨끗한 사복을 입은 그들은 누구에게도 해를 끼치지 않는 얼굴을 한 채 내 옆을 걸었다.

잊고 있던 모든 기억을 끄집어내 구체적으로 상상했다. 그러면 그날이 생생하게 그려지곤 했다. 오래될수록 더 선명한 이곳의 빌딩과 성당처럼. 마침내 그날은 나의 실시간이 되었다. 나는 그날을 새롭게 슬퍼했다. 낡은 슬픔은 새것으로 교체되는 것이 아니라 세월을 그대로 담은 채, 윤이 나게 닦여 내 안에 자리 잡았다.

다시 찾은 온전한 애도 앞에서 생각했다. 그날을 위해 진정 필요한 것은, 지금의 시간을 덧대어 상처를 아물게 하는 게 아니라 상처를 상처인 그대로 지켜내는 것일지도 모른다고. 그러기 위해 더 많은 이의 뚜껑을 열어야 한다고. 뚜껑을 여는 용기 앞에서 시간은 얼어붙고 그 용기가 그물이 되어 모두를 구조할 것이라고. 상처를 직면하여 그것을 내게 일어난 일로 만드는 작업은 우리 모두의 숙제다. 4월 16일 그날이 더 이상 숨겨진 과거, 슬픈 풍문이 아닐 수 있도록.

이름도 얼굴도 모르는 십대들, 아저씨, 부부, 선생님, 승무원을 더 많이 사랑하기 시작했다. 죽음은 시간을 잊히게 하지만 사랑은 시간을 연다. 함께하는 기억으로 우리의 초침은 부러질 것이다. 우리는 기꺼이 과거에 갇힌다.

유지혜

영원한 멈춤을 약속하는 것은 이제야 보내는 나의 작별 인사다.

유 지 혜

1992년생 작가.『우정 도둑』,『쉬운 천국』,『조용한 흥분』등을 썼다.

다
가
서
는

마
음

2022
6
16

    어떤 슬픔은 너무 깊고 거대해서 좀처럼 입 밖에 낼 수 없을 때가 있다는 사실을 나는 2014년 봄에 알게 되었다. 많은 사람이 그날 그 시각 자신이 무엇을 하고 있었는지 잊을 수 없다고 한다. 나 역시 업무용 메신저 하단에 뜬 속보, '전원 구조' 네 글자에 가슴을 쓸어내리던 순간을 또렷하게 기억한다. 그러나 그 후에 일어난, 아직도 믿고 싶지 않은 일들은 머릿속에서 엉망으로 뭉뚱그린 것처럼 흐릿하기만 하다.

    성인이 된 이후 부모님과 가장 크게 싸웠던 게 텔레비전에서 흘러나오던 뉴스 때문이었는지, 내 가방에 달린 노란 리본 때문이었는지는 확실하지 않다. 수년이 흐른 지금도 그날의 기억을 구체적으로 재구성할 용기가 없다. 당시 부모님은 유가족을 적대시하며 사안을 왜곡 보도하던 몇몇 언론의 논조를 굳게 믿었다. 자라는 내내 부모님과 부딪혀 내 생각을 말하느니 대개 입 다물고 방에 들어가는 쪽을 택해왔던 나는 이번에도 그냥 가만히 있으려 했다. 하지만 이내 견딜 수 없어졌다. 내게 그토록 아낌없는 사랑을 준 사람들이, 아이를 잃은 다른 부모를 향해 그렇게 냉담한 말을 던지는 사람들이기도 하다는 사실 앞에서 순식간에 마음이 무너졌다. 정신을 차려보니 마구 소리를 지르고 있었다. 어떻게 그런 말을 할 수 있어? 그다음의 일들은 잘 기억나지 않는다.

그해 봄으로부터 1년 뒤 결혼하고 아이 없이 살기로 마음을 굳히면서, 나는 양육자와 자식이라는 관계에 관해 전보다 더 자주 생각한다. 한 인간을 세상에 태어나게 하고 긴 시간 동안 돌보며 서로에게 엄청난 영향을 끼치면서 살아가는 삶의 모습은 어떨지, 그 다채로운 기쁨과 복잡한 고뇌에 관해 이번 생의 나는 아마도 알 수 없을 것이다. 하지만 전부 이해하지는 못하더라도 거기에 존재하는 마음들을 모른 채 살고 싶지는 않다.

어떤 마음을 아는 데 필요한 것은 꼭 '같은' 경험이 아니라 그 마음에 다가서고자 하는 마음임을 내게 알려준 사람이 있다.

한나는 몇 년 전 나와 같은 기혼 무자녀 여성들의 이야기를 담은 책을 쓰기 위해 만났던 인터뷰이다. 배우자와 두 마리 고양이를 키우며 사는 그는 경조사에 참석하느라 잠시 남에게 맡겼던 고양이들을 잃어버렸을 때 얼마나 힘들고 괴로웠는지 회상하며 말했다.

"그때가 세월호 참사 이후였거든요. 하루는 고양이를 찾는다는 전단에 스카치테이프를 계속 붙이다가 허벅지를 칼로 확 그었는데도 아프질 않고 아무 느낌이 없었어요. 옆에 있던 사람이 놀라서 소리치는 바람에 다리를 보니 피가 흥건하더라고요. '이런 감정이구나. 부모가 자식을 잃는다는 게 정말….' 고양이를 잃어버리고도 이렇게 미치겠는데, 그분들은 찾으러 바다에 들어갈 수도 없잖아요. 그러니 아이를 잃은 마음이 얼마나 슬플까 싶더라고요."

내게 가장 가까운 사람들에게 받았던 상처가 처음 만난 타인인 한나에 의해 치유되는 것은 놀라운 경험이었다. 타인의 슬픔을 외면하지 않고 자기 삶과 연결 짓는 사람의 존재를 확인하며 나도 그 마음을 놓치지 않기로 했다.

내 책장 한편에는 세월호에서 희생된 단원고 전수영 선생님의 어머니 최숙란 님이 엮은 책『4월이구나, 수영아』(서해문집 2016)가 꽂혀 있다. 참사 이후 한동안, 수영을 잘하는 딸이 어쩌면 무인도까지 수영해 가서 살아 있을 거라고 기대했다는 대목을 떠올릴 때마다 나 역시 간절한 마음이 된다. 돌아올 수 없는 사람을 기다리고 그리워하고 슬퍼하고 분노하고 지쳤다가 다시 일상을 꾸리는 사람들을 생각할 때마다 그 곁에 조금 더 다가서고 싶어진다. 무관심과 망각이 우리 사회를 뒤덮지 않도록, 이 마음의 존재를 기억하고 계속 말하며 살아가겠다.

최 지 은

대중문화 기자로 일했고 『괜찮지 않습니다』, 『엄마는 되지 않기로 했습니다』, 『이런 얘기 하지 말까?』 등의 책을 썼다. 아이 없이 살아가는 이야기를 담은 뉴스레터 〈없는 생활〉을 발행한다.

김 신 지

다행히 그리고 당연히、
기억한다는 말

2022
7
16

비바람이 불던 저녁, 〈애프터 양〉이라는 영화를 봤어. 영화는 제이크 가족과 함께 살던 안드로이드 '양'이 어느 날 작동을 멈추면서 시작돼. 제이크는 양을 수리하려는 과정에서 그의 안에 있던 기억 장치를 전달받아. 안드로이드는 하루에 3초 정도의 기억을 저장하는데, 어떤 순간들을 선별해 기록하는지 알고리듬에 대해서는 밝혀진 게 없다는 설명과 함께. 어느 새벽, 제이크는 홀로 그것을 열어봐. 영화의 배경인 미래에서 그건 그리 어려운 일이 아니야. 메모리에 접속하면 광활한 우주를 닮은 공간에 양의 기억이 별처럼 흩뿌려져 있고, 어느 한 점을 선택해 '재생'이라고 말하기만 하면 녹화된 장면이 펼쳐지니까. 양이 과연 무엇을 저장했을 것 같아? 그가 기억하려던 것은 무엇이었을까?

여기서부터는 내가 울기 시작한 장면이야. 하나의 별이 열릴 때마다 그 속에 담겨 있던 건 그저 아름다운 찰나들이었거든. 오후의 햇빛이 스며든 방 안, 나뭇잎 그림자가 물결처럼 흔들리는 벽, 노래를 따라 부르는 이의 옆모습, 숲속을 걷다 돌아보는 동생의 표정. 3초 남짓 짧게 녹화된 장면들. 어쩌면 양의 영혼이 깜빡깜빡 켜졌을 순간들. 안드로이드에게 무슨 영혼이냐고? 아니야, 기억을 들여다보는 순간 알아. 영혼 없이 남길 수 없는 장면이란걸. 어쩌면 기억하는 존재야말로, 영혼이 있는 존재라는걸. 스크린 속 장면은 내내 아름답고 오래전 좋아했던 노래가 흘러나오는데, 눈물이 멈추질 않았어. 만일 한 존재가 저 메모리 속에 압축된 거라면? 우리가 실은 기억으로만 이루어진 존재라면? 그게 전부라면?

그런 생각을 해봤어. 소중한 누군가를 잃었을 때, 그의 기억을 열어볼 수 있다면 어떨까. 더 가까울 수 없을 만큼 가까웠던 사이여도, 그 사람의 기억은 너무나 그 사람만의 것이어서 나는 슬프고도 당혹스럽겠지. 모르던 사실이 너무 많아서, 어쩌면 그제야 이 사람을 알아가는 기분이 들거야. 이런 걸 기억했구나. 이런 순간을 좋아했구나. 이 사람, 마음이 오래도록 여기에 머물렀구나. 그러다 끝내는 어째서 이 깊고 넓은 존재가 사라졌어야 하는지 이해할 수 없어 다시 울게 되겠지. 알아, 이건 가정일 뿐이라는 거. 기억을 열람하는 일 같은 건 일어나지 않을 거야. 그렇다면 이 불가능 앞에서 무얼 할 수 있을까?

대신 기억하면 된다고, 나는 영화를 보다 중얼거려. 한 사람을 기억한다는 말은 그 사람의 존재를 세상에 이어지도록 하겠다는 말과 같을 거야. 자기 이름을 쓸 때 첫 획을 어떻게 그었는지, 붕어빵을 어디서부터 먹던 사람이었는지, '나중에' 하는 말 뒤에 어떤 미래를 덧붙이곤 했는지. 구체적인 한 사람이 기억 속에 존재한다면 그는 사라져도 사라진 게 아니지 않을까. 무엇보다 기억하기를 멈추지 않는 한, 한 사람을 기억하는 일로 이 세계 안에서 계속할 수 있는 일이 있어. 그런 사람들을 알아. 또 다른 상실을 막고자, 나처럼 슬픈 사람이 한 명 더 생기는 일을 막고자, 슬픔을 연료로 힘을 내는 사람들을.

언젠가 카페 창가에서 세월호 노란 리본을 가방에 달고 가는 이의 뒷모습을 보다 네가 말했지. 이제 그만 떼도 되지 않을까, 하고. 너를 탓하려는 게 아니야. 그때 나는 지겹다는 말이 아니어서 다행이라고 생각했어. 지겹다는 말이 그토록 잔인하게 쓰일 수 있다는 걸 지난 몇 년간 반복해서 알았으니까. '아직도' 기억하냐고 묻는 이들이 있어. '여전히' 기억하고 있는 사람들에게. 이제 그만 잊고 앞으로 나아가라고 말해. 잊지 않고서, 잊지 않는 힘으로 또박또박 앞으로 나아가고 있는 사람들에게.

김신지

노란 리본 얘기가 나와서 말인데, 혹시 그해 봄 서울광장 분향소에 적혔던 수많은 추모 글과 우리가 함께 건 리본, 종이배 들이 어떻게 되었는지 생각해 본 적 있어? 어느 밤 나는 그게 궁금해져서 제이크처럼 흩어진 별들을 열어본 적 있어. 그리고 행방을 알았지.

"으레 버려졌겠거니, 생각했을 수도 있습니다. 아닙니다. 다행히도, 그리고 당연하게도 그 모든 것은 서울시에서 잘 보존하고 있고, 일부는 서울도서관 3층에 있는 서울기록문화관 안의 세월호 참사 기억공간에 전시되고 있습니다. 이 분향소 기록들은 서울기록원에 영구 보존됩니다. 당시 분향소의 기록을 나중에 꼼꼼히 정리해 보니 추모 리본은 83,000여 개, 추모 종이배는 450여 개, 추모 글은 12,900여 장, 그림이나 문서도 수백여 점이었습니다."

서울기록원 홈페이지에서 찾은 문장이야. 나는 저 말이 좋았어. '으레' 버려졌다고 짐작했겠지만, '당연히' 보존되고 있다는 말. 지겹다는 말과 가장 멀리 있는 말. 당연히 기억할 거고 영구히 보존할 거라는 말이 새로운 봄을 건너는 위로가 되었던 걸 기억해. 개인이 한 일이 아니라 공공의 결정이어서 더욱. 그건 우리가 함께 기억할 수 있는 사람들이라는 뜻이니까.

고작 기억인데, 함께 기억하는 게 무얼 바꿀 수 있느냐고? 변화가 느릴 때 비관은 쉽게 찾아오기 마련이고, 그럴 때 나는 이 문장을 떠올려. 동굴인 줄 알고 웅크려 있었지만 발을 떼었더니 실은 터널이더라는 말. 유가족의 상실과 절망보다 캄캄한 어둠이 있을까. 하지만 소실점 끝에 아주 희미한 빛이라도 보이는 순간 동굴은 터널이 될 거야. 한 사람이 캄캄한 동굴 속에 있다 느낄 때, 희미한 빛이 되는 건 혼자가 아니라는 실감일지 몰라. 나의 슬픔 곁에 누군가 있다는 인기척일지 몰라. 같이 걷는다 해서 길이 짧아질 리야 없겠지. 하지만 이 지난함에 끝이 있을까 싶을 때는, 우리가 끝을 향해 걷는 게 아니라 빛을 향해 걷는 거라고 생각해. 발밑이 보이지 않는 어둠 속에서도, 우리는 끝끝내 빛을 보며 걷는 사람들이라고.

네가 이 영화를 봤으면 좋겠다. 그리고 같이 기억하는 사람이 되어주면 좋겠다는 말을 길게 썼어.

김 신 지

기억하기 위해 기록하는 사람.『시간이 있었으면 좋겠다』,『평일도 인생이니까』,『기록하기로 했습니다』등을 썼다.

김 신 지

오선화

거
품
이

조
금

넘
쳐
도

괜
찮
잖
아
요

2022
8
16

나는 자유로운 글쟁이다. 동시에 청소년과 밥 먹는 사람으로 살고 있는 개인 활동가다. 먼저 손을 내미는 청소년의 손을 잡다 보면 무엇보다 물리적인 시간이 부족하다. 요즘은 코로나로 인해 집 밖으로 나오지 못했던 아픔들이 이제야 문을 열고 쏟아지는 통에 더욱 시간이 없다. 그래서 나의 직업이 글쟁이임에도 원고 청탁이 올 때마다 볼멘소리를 한다.

"죄송해요. 정말 제가 시간이 너무 없어서요."

이 말이 누군가에게는 지각의 이유를 '늦게 온 버스'에게 돌리는 변명처럼 궁색하게 들릴 것을 안다. 하지만 나에게는 그저 사실이기에 이 말밖에는 드릴 말이 없다.

그러나 4·16재단에서 온 청탁에는 그 말을 드릴 수 없었다. 청소년과 함께 살아가는 사람이 4·16이라는 단어에 어찌 잠시라도 멈추지 않을 수 있을까. 게다가 그 청탁 메시지는 나를 곧장 2014년 4월 23일로 데려갔다. 그날의 이야기를 꼭 쓰고 싶었다. 바로 수락하고, 노트북 전원을 켰다. 그런데 한 녀석에게 연락이 와 뛰어나가야 했다.

그리고 마감이 코앞으로 다가온 지금에야 다시 노트북을 열었다. 나도 모르게 한숨이 흘러나왔다. 어디서부터 써야 할까. 그래, 먼저 4월 22일로 가야겠다.

페이스북에 모집 공고가 올라왔다. 단원고 학부모 지원실에서 올린 공고였다.

〈 세월호 장례 봉사자 모집 〉
사망자로 확인된, 안산 친구들의 장례식에 봉사자가 필요합니다. 우선 아래 전화로 연락하셔서 오전, 오후, 야간 중 봉사 가능한 날짜와 시간을 말씀해 주세요. 그럼 접수하시고, 병원을 지정해서 다시 연락을 주실 거예요. 병원은 안산의 병원 중에서 지정됩니다. 여기 접수 받는 분들도 많이 지쳐 있으니, 가능한 날짜와 시간과 인원만 말씀하시고 전화 끊고 기다려주세요. 혼자보다는 몇 명이라도 함께 신청하시면 좋습니다.

이 글을 바로 공유하고, 같이 갈 사람들을 모집했다. 나는 4월 23일 오전, 안산 고려대학교 병원으로 배정을 받았

오선화

다. 병원에서 만나자는 글을 23일 오전 7시 30분에 올리고 바로 출발했다. 그리고 9시쯤 같은 조로 배정받은 이들을 만나 함께 장례식장으로 갔다.

장례 도우미를 도와달라는 부탁을 받았고, 음료를 정리하거나 상에 비닐을 깔거나 하는 일들이 주어졌다. 우리는 아무 소리도 내지 않고 주어지는 일만 했다. 소리를 내지 말라고 한 사람은 없었다. 모두 암묵적으로 동의했을 뿐이다.

그렇게 적막한 장례식이 또 있을까. 유가족들은 영혼만 남은 것 같았고, 그 영혼조차 아무 힘이 없어 보였다. 그런 분위기에 시답잖은 대화라는 걸 주고받을 수 있었을까. 그것조차 폐가 될 것 같았다. 울 수도 없었다. 울고 싶었으나 그조차 사치 같았다. 그날은 그랬다. 온몸으로 견디며 간신히 참아내는 가족들 앞에서 운다는 것 자체가 죄스러웠다. '울 자격'이라는 건 없겠지만, 그날만은 있었다. 울 자격이 있는 사람들이 울지도 못하던 그날에 우리가 운다는 건 상상도 못 할 일이었다. 그저 모두 조용히, 가능한 소리 내지 않고 움직였다. 그렇게 몇 시간이 흘렀을까.

"내가 왜 상복을 입어? 누가 죽었다고 상복을 입어? 우리 애 돌아올 건데, 내가 왜, 왜 이걸 입어….."

한 어머니가 목 놓아 울기 시작했다. 그러자 몇몇 가족들이 기다리기라도 한 듯 하나둘 흐느끼기 시작했고, 흐느낌은 이내 가슴을 쥐어뜯는 울음으로 바뀌어갔다. 그들의 울음이 차라리 다행스럽게 느껴졌다. 울기라도 해주어서 고마워요, 말하고 싶은 심정이었다.

울고 있는 어머니를 차마 볼 수가 없어 고개를 돌리니 한 아버지가 굳은 얼굴로 친구가 건넨 조의금을 거절하고 있었다.

"나, 이거 안 받아. 이거 받으면 내가 너한테 다시 갚아야 하는데, 넌 이럴 일 없을 거니까. 절대 다시 이런 일은 일어나지 않을 거니까. 내가 무슨 수를 써서라도 넌 이런 일 안 겪게 할 거니까. 나, 이거 안 받을 거야."

한사코 조의금을 마다하는 그를 보며 봉투를 건네던 친구가 울었다.

그날을 생각하면 한 아이의 어머니와 아버지부터 그들의 가족들, 지인들…. 너무도 많은 이들의 얼굴이 떠오른다. 그 얼굴들을 다 기록한다면 모든 지면을 할애해도 모자랄 것이다. 사실은 그날을 다시 세세하게 기억하는 게 두렵기도 하다. 밤새 울다 몇 자 적지 못할 것만 같다. 해서 가장 선명히 떠오르는 얼굴 하나만 더 기록하고자 한다.

나는 청소년과 밥 먹는 사람이기에 청소년의 눈물을 말하고 싶다. 그날 본 청소년은 수학여행을 떠난 단원고 학생의 누나였다.

그는 아무 말 없이 냉장고로 다가와 사이다를 꺼내 제사용 주전자에 부으려 했다. 그 모습을 지켜보던 장례 도우

오선화

미가 넌지시 말했다.

"거기는 사이다 말고 술 넣는 건데?"

"아, 알아요. 그런데 제 동생은 아직 어려서 술 못 먹거든요."

목소리는 떨렸고, 금방이라도 울음이 터질 듯했다.

"아, 그러면 매실로 해."

"사이다로 하면 안 될까요? 동생이 사이다를 참 좋아했거든요."

"사이다는 거품이 넘쳐서 안 돼. 매실로 해."

분명히 무슨 말을 더 하고 싶은 표정이었지만, 그는 더 대꾸하지 않고 매실 음료를 받아 주전자에 따랐다. 그리고 공손히 인사를 하고는 동생의 영정 앞으로 걸어갔다.

"거품이 조금 넘쳐도 괜찮잖아요."

엿듣다가 목구멍까지 올라온 말이었다. 그런데 나는 왜 이 말을 하지 못했을까. 어른의 말을 잘 들어서 동생이 떠난 줄 알면서도, 혹시 부모를 욕먹일까 공손한 모습을 보이며 떠나는 그 뒷모습이 안쓰러워 죽겠으면서도, 나는 왜 편을 들어주지 못했을까.

조용히 상을 차리며 엿보다가 망설이는 사이에 그 상황은 그렇게 끝나버리고 말았다. 그게 내내 미안했고, 지금도 그 생각을 하면 미안함이 짙다.

청소년을 만나다 보니 그들의 보호자를 만날 일도 잦

다. 보호자들은 그 장례 도우미와 같은 말을 많이 한다.

"이 학원은 꼭 가야 해요. 그래야 대학이라도 가죠."

"아이는 그걸 원하지만 이게 더 나아요. 그건 너무 후져서 안 돼요."

"아이가 잘 몰라서 그래요. 이게 더 맞아요."

이 말들은 모두 "사이다는 거품이 넘쳐서 안 돼. 매실로 해."라는 말과 같다. 그럴 때마다 나는 말한다.

"거품이 조금 넘쳐도 괜찮잖아요. 아이가 사이다를 좋아한다고요."

그 학원을 가도 대학을 가리라는 보장은 없다. 아이가 원하는 것이 더 폼 나는 것일 수도 있다. 아이가 더욱 잘 알 수도 있다. 매실이 더 좋다는 건 어른의 편견이고, 주관적인 판단일 뿐이다. 거품이 나지 않는 매실 음료도 쏟을 수 있고, 제아무리 매실 음료라도 흔들면 거품이 날 수 있다. 어른 말을 잘 들어 잘될 수도 있지만, 그날의 아이들은 어른 말을 잘 들어 영영 볼 수 없게 되었다.

장례 봉사가 끝나갈 즈음 슬픔이 복받쳐서 터져 나온 울음소리가 들렸다.

"너 때문에 힘들다고 해서 미안해. 너만 없으면 행복하겠다고 했던 것도 미안. 그냥 싸우고 화나서 한 말이야. 네가 이렇게 진짜 사라질 줄 알았다면 안 했을 거야. 미안해, 정말 미안해."

동생의 영정 앞에 주저앉은 누나의 뒷모습을 보며 더 이상 눈물을 참아낼 수가 없었다. 그래서 울 자격도 없는 내가 울어버렸다. 거품이 나도 괜찮다고 말해주지 못해서, 나는 괜찮지 않았다. 그리고 여전히 거품을 탓하는 어른들을 보며 아이들은 괜찮지 않다. 거품이 넘치면 닦으면 그만인데 말이다.

오선화 (써나쌤)

자유로운 글쟁이이자 청소년과 밥 먹는 사람. '오하루'라는 이름으로 청소년소설을 쓰고 있다. 『그저 과정일 뿐이에요』, 『아이가 방문을 닫기 시작했습니다』, 『ㅈㅅㅋㄹ』 등을 썼다.

정 윤 진

애
도
、
이
야
기
、
그
리
고
⋮

2022
10
16

"엄마, 엄마! 삼년상이 뭐야?"

"응?"

"이이는 3년 동안 어머니를 생각하면서 무덤 옆에 움막을 짓고 살았답니다. 위인전에 이렇게 써 있는데, 왜 무섭게 무덤 옆에서 살아?"

"음⋯."

설거지를 하던 손을 멈추고 아이의 언어에 맞는 적절한 대답을 골랐다.

"그건⋯ 엄마가 보고 싶어서, 엄마 곁에서 충분히 슬퍼하고 기도하고 무덤이라도 쓰다듬고 싶은 마음이지 않을까? 우리 조상들은 떠난 엄마와 이별하는 데 최소한 3년이 필요하다고 생각했던 것 같아."

150

정 윤 진

"으응…."

"사람들이 모여 사는 마을에서 큰 소리로 울 수 없으니까, 무덤 옆에서 3년 동안 충분히 슬퍼할 수 있도록 의례로 정해두었을 거야."

미적지근한 아이의 대답에 나름의 해석을 더해서 이야기해 줬지만, 아이는 고개를 갸우뚱하며 시선을 책으로 돌린다.

'그래. 아직 열 살인 너는 이해하기 어려울 거야.'

독후감 숙제를 하던 아이의 갑작스러운 질문에 불현듯 떠오른 기억을 물줄기에 흘려보냈다.

'세상에 사나이가 저리 울 수 있는지. 소리는 크지 않았으나 구천이의 통곡은 참나무 뒤에 숨은 두 사나이를 망연자실케 했다. 그들은 전율을 느꼈다.'

박경리의 『토지』를 처음 읽었던 고등학생 시절에는 이 문장이 머릿속에 잘 그려지지 않았다. 별당 아씨를 잃은 구천이가 밤마다 산짐승들이 울부짖는 산골짜기에서 통곡하는 장면이었다. 나는 누군가를 연모한 적도, 가까운 이를 떠나보낸 경험도 없었다. 최선을 다했음에도 원하는 성적이 나오지 않거나, 사교육을 받을 수 없는 가정형편 정도가 열여덟 살이 경험한 슬픔이었다.

이 문장을 이해할 수 있게 된 것은, 서른을 넘긴 후였다. 세월호 참사 희생자 304명 유가족의 오열을 보고 나서야 심장이 찢어진다는 표현을 언제 사용하는지 알게 되었다. 사회통념상 공개된 장소에서의 울음이 허용되기 어려운 성인들의 집단 슬픔은 낯선 동시에 지켜보는 것조차 고통스러웠다. 무언가 잘못되었다. 납득되지 않는 이야기들이 방송을 통해 보도되었다. 나는 내가 가진 언어로 상황을 설명할 수 없을 때 몸이 먼저 움직이곤 했다. 도저히 받아들일 수 없는 현실에 촛불로 대응하는 무리 중 한 사람으로 참여했다. 촛불을 든 사람들 속에서 생면부지의 결연한 의지를 발견하기도 했다.

지난봄, 4·16기억교실을 방문했다. 4·16민주시민교육원에서 진행하는 교사 대상 연수 프로그램의 마지막 과정이었다.

2학년 1반부터 10반, 학생 및 교사 총 339명 탑승자 중 261명 사망. 우연히 들어간 교실, 책상 하나를 제외한 모든 자리에 올려진 꽃들을 보자 가슴에 무거운 돌덩이가 내려앉았다. 숫자로 인지하는 것과 감각으로 경험하는 일은 우주의 시작과 끝만큼이나 거리가 멀었다. 교실을 지나 교무실에 들어선 순간, 연수에 참여한 교사들은 말을 잇지 못하고 눈물을 흘렸다. 명패가 있는 저 자리가 바로 내 자리였을 수도 있다. 죽음은 철장을 나온 호랑이가 나한테 덤벼드는 것과 같다는 엘리자베스 퀴블러 로스의 말이 생각났다. 죽음의 바깥에 있는 듯 잊고 살아온 시간이 죄책감으로 다

　　　　　　　　　　　　　　　　　　　　정 윤 진

가왔다.

그리고 필연인 듯, 단원고 희생 학생들과 같은 나이의 초임 교사가 연수에 함께했다. 8년이라는 시간이 흐르는 동안 누군가는 밥을 먹고, 친구를 만나고, 대학에 진학하고, 꿈을 이룬 사회 초년생이 되었다. 같은 시간을 지나온 304명의 유가족들이 떠올랐다. 그들은 떠난 아이의 물건을 껴안고 오열하고, 식사를 마다하고, 막말을 견뎌내고, 진상 규명을 위해 목소리를 높였다.

'그 아이들이 자랐다면, 이 선생님처럼 어엿한 성인이 되었겠구나.'에 생각이 미치자 솜털이 일어서며 몸이 반응했다. 단원고 학생들의 이십대를 상상해 본 적이 없었다. 8년의 시간은 성장, 변화, 노화가 없이 마지막 모습 그대로 저장되었다. 떠난 이의 시간은 얼어붙은 채 기억에서 왜곡될 수 있음을 그 초임 교사를 만난 후에야 자각했다.

기억하는 자아가 활성화된다. '1년 전 오늘'의 기록을 전달하는 SNS 알림처럼, 8년 전 오늘이 배달되었다.

2014년 4월, 돌치레를 하는지, 둘째 아이는 동네 병원에서 지역 종합병원 그리고 다시 더 큰 병원으로 옮겨 가면서 폐렴 치료를 받고 있었다. 항생제를 쏟아부어도 열이 잡히지 않아 지친 와중에도 병원에서 첫돌을 맞이하는 아이를 위해 케이크를 주문하고 풍선을 달았다. 입원 기간이

3주를 지나가자 팔에서 혈관을 찾기 힘들어진 아이의 발목에 수액 바늘이 꽂혔다.

"바늘이 빠질 수 있으니 되도록 움직이지 않게 하세요."

간호사의 말을 듣고 아이의 시선을 고정시키기 위해 텔레비전을 켰다. 햇살이 기우는 오후였다. 채널을 돌리자 긴급 속보가 나오고 있었다. 전원 구출이 오보라는 내용과 커다란 여객선이 거꾸로 뒤집힌 영상이 눈에 들어왔다. 아나운서의 말을 반복해서 듣고 난 뒤에야 무슨 일이 벌어졌는지 이해할 수 있었다. 나는 본능적으로 화면과 둘째 아이의 얼굴을 번갈아 보았다. 아이의 첫 생일을 축하하는 케이크가 도착했다. 촛불을 불고 아이를 돌봐주신 간호사분들과 나눠 먹었다. 동시에 휴대폰으로는 세월호 기사를 쫓고 있었다. 매년 4월, 둘째 아이의 생일을 축하하는 케이크를 사고 초를 켤 때마다 8년 전 그날이 복기된다.

시간은 공정하지 않다. 어떤 아픔은 해결해 주면서 어떤 고통은 끝내 모른 척한다. 어떤 기억은 헤어진 연인과의 추억처럼 불현듯 선명하게 터져 나온다. 아무 일 없는 듯 살다가도 생일 케이크를 볼 때마다, 매년 봄이 되면, 아끼던 물건, 익숙한 향기, 함께 걷던 길, 비슷한 사람을 보거나 목소리를 들을 때도. 기억 조각 속에 숨어 있던 그리움이 틈을 비집고 나온다. 마음속에서는 그리운 이와 함께하지 못한 '만약에 그랬더라면…' 하는 돌림노래가 무수히 재

정윤진

생되곤 한다.

여전히 풀리지 않는 그날의 수수께끼는 설명할 수 없는 슬픔으로 잔존한다. 사랑하는 이를 잃은 고통은 사라지지 않는다. 바위처럼 커다랗게 짓눌렸던 고통이 시간이 흐르며 작아지고 희미해질 뿐, 잊히지 않는다. 그리하여 작은 부싯돌이라도 닿으면 순식간에 불꽃으로 타올라 깊은 화상을 남긴다.

주검이 옆에 있고, 떠난 이를 위해 정성으로 장례를 치르고도 3년의 애도 시간이 필요하다. 자리조차 없는 죽음, 소중한 이의 흔적을 찾을 수 없는 죽음을 애도하는 데 충분한 시간은 몇 년일까? 감히 가늠할 수조차 없다.

슬픔은 통제해야 하는 감정일까. 시간이 흘러도 불청객처럼 불쑥 찾아오고 울컥 눈물을 쏟게 하는 기억은 살면서 그만큼 힘든 일이었음을 의미한다. 그런 감정은 한 번 크게 운다고 해결되는 게 아니라 두고두고 반복해서 토해내야 한다.

누군가는 쉽게 말한다.
"언제까지 이야기할 거예요?"
이름 붙이지 못하는 슬픔이 또다시 일어나지 않을 때까지다.
부를 수 없는 감정을 깊이 들여다보고, 충분히 울고, 끊임없이 이야기하는 사람들에 의해 서사는 탄생한다. 세계관을 획득한 서사가 사람들에게 기억될 때 비로소 아이들의 안전을 지킬 수 있는 세상이 만들어진다.

정 윤 진

퇴직 교사, 마음 기록자. 『공황장애가 시작되었습니다』를 썼다.

박래군

2022

11

16

　　영화 〈판도라〉는 보기 힘든 장면으로 끝이 났다. 원자로가 터져버린 긴급 대형사건 앞에서 대통령은 잘못된 보고를 받으며 판단을 못 한 채 밍기적거리고, 국무총리를 비롯한 정부 책임자들, 한국수력원자력의 책임자들은 사건을 덮기에만 급급했다. 핵연료봉이 공기에 누출될 상황인데도 원자로의 경제성을 따지며 바닷물이 아닌 민물만 고집하는 인물들.

　　이해관계가 엇갈리는 가운데 결국 더 큰 참사를 막는 일은 원자력발전소 현장소장과 노동자들이 목숨을 걸고 해냈다. 마지막 핵연료봉 저장시설의 바닥이 누수되는 상황에서 바닥을 폭파하고 해수를 채워 연료봉의 온도를 낮추기 위해 죽을 줄 알고도 그곳에 들어가야 하는 하청 노동자…. 마지막 탈출구마저 봉쇄된 그곳에서 하청 노동자가 남긴 당부는 자신을 기억해 달라는 말이었다.

그 장면으로 영화가 끝나고 TV 화면은 뉴스로 전환되었는데, 마치 영화와 같은 재난 상황을 급박하게 전하고 있었다. 나에게 이태원 참사는 그렇게 시작되었다.

이태원 참사의 시작

2022년 10월 29일 밤이었다. 서울의 한복판 이태원에서, 3년 만에 마스크 없이 열리는 핼러윈 축제에 10만 명 이상이 몰릴 거라는 예측은 이미 오래전부터 있었다. 그 예측대로 이태원에 인파가 몰렸고, 많은 사람들이 폭 3.2미터, 길이 40미터의 좁은 골목에서 선 채로, 또는 넘어진 채 압사당했다. 참사 이틀 뒤 세월호 참사 유가족들과 이태원 참사 현장을 방문했다. 합동분향소에서 조문을 하고, 시민들이 자발적으로 만든 추모 공간인 이태원역 1번 출구에서도 흰 국화 꽃다발을 놓고 묵념을 올렸다.

세월호 참사 유가족에게 이태원 참사는 남의 일이 아니다. 이태원 참사 피해자 중 가장 많은 이들이 이십대 청년들이다. 세월호 참사 당시 만 17세였던 단원고 희생 학생들이 세상을 떠나지 않았다면, 지금쯤 핼러윈 축제를 즐겼을지도 모른다. "8년 동안 안전 사회를 그렇게 외쳤는데 이게 뭐냐."고 우는 세월호 참사 유가족들 앞에서 나는 아무 말도 할 수 없었다.

이태원 참사를 대하는 정부의 태도는 자연스레 세월호 참사 때와 겹쳐졌다. 세월호가 침몰하는 다급한 상황에서 현장에 출동한 해경 경비정이나 헬기는 세월호 상황을 파악하려 하지 않았고, 우선 '탈출' 명령을 내리지 않았다. 해경 지휘부는 잘못된 상황 판단을 하거나 부적절한 지시만 내렸다. 그러는 사이에 세월호는 100분 이상의 골든타임을 허비한 채 침몰했고, 승객들은 구조받지 못했다. 그래서 구조를 못 한 게 아니라 안 한 거라는 비난을 받았다. 일곱 시간도 더 지나서 중앙대책본부에 나타난 박근혜 당시 대통령은 "그렇게 발견하기 힘듭니까?"라고 말했다.

참사 당일 이태원 현장에 있던 사람들은 오후 6시 34분경부터 압사의 위험을 느끼고 경찰에 112로 신고했다. 참사가 일어나기 무려 네 시간 전이었다. 그런데도 경찰은 적극적으로 대응하지 않았다. 이태원 핼러윈 축제는 매년 열렸던 것이라 안전 관련 노하우도 축적되어 있었지만, 올해는 안전대책을 서울시도, 용산구청도 전혀 마련하지 않았고, 현장의 다급한 신고도 묵살했다.

참사 이후 윤석열 대통령은 담화 발표 뒤 현장을 찾아가 "여기서 그렇게 많이 죽었단 말이야?"라고 말했다. 정부 책임자들은 이구동성으로 재난안전관리기본법(재난안전법)에 주최자가 없는 민간의 자발적인 축제이기 때문에 법적인 책임이 없다는 말만 되풀이했다. 재난참사에 대한 예비와 대비와 대응, 복구의 정부 책임자인 행정안전부 장관은 처음부터 책임을 회피하기 위한 발언으로 비난을 자초했다. 인파가 예년보다 많았던 게 아니라고도 했고, 미리 경찰이나 소방을 배치한다고 달라지는 게 뭐냐고도 했고, 당일 소요나 시위 상황 탓에 제대로 대응을 못 했다는 식으로 말을 했다. 누구 하나 잘못을 인정하지 않던 정부 책임자들이 일제히 사과한 것은 이태원 참사 발생 후 3일이 지나, 다급한 112 신고가 언론에 노출된 다음이었다.

그사이에 '참사'란 말 대신 '사고'로, '희생자', '피해자' 대신 '사망자', '사상자'로 바꿔 쓰게 했다. 참사 초기의 혼란한 상황에서 경찰은 정보사찰을 벌이며 이 국면을 탈출할 방향을 정부에 제시하기도 했다. 그게 어디 경찰만 그랬겠는가.

공감의 공동체가 필요한 때

이 기시감은 무엇인가? 아마도 우리는 이태원 참사의 이후 진행 경로를 알고 있을 것이다. 사건의 진상을 왜곡할 것이고, 증거는 조작할 것이며, 수사와 감찰의 결론으로 말단 경찰이나 행정 공무원 몇 명에게만 죄를 뒤집어씌우고, 피해자들에게는 얼마쯤 보상과 지원을 해준 뒤 입 다물라고 할 것이다. 가족이 왜 죽었는지 진실을 요구하는 유가족들은 '순수하지 못한 유가족'으로 분류될 것이다. 진상규명과 책임자 처벌을 요구하는 유가족과 피해자들은 조롱과

박래군

모욕을 받을 것이고, 피해자들은 트라우마로 세상을 원망하며 고립되어 갈 것이다. 지금은 침묵의 애도 시간이지만 이렇게 정부가 상황을 끌어갈 때 피해자들부터 침묵의 애도는 분노로 바뀐다. 우리가 세월호 참사로 이미 겪은 일이다. 억지로, 인위적으로 덮으려 하고 책임지지 않으려 할수록 그 분노는 더 커진다.

세월호 참사가 일어났을 때, 대구 지하철 화재, 삼풍백화점 붕괴 등 이전에 참사를 겪었던 사람들은 "우리가 제대로 싸웠어야 하는데 그러지를 못해서 미안하다."라고 말했다. 이태원 참사를 맞닥뜨린 세월호 참사 유가족들도 같은 말을 한다. 이태원 참사 현장에서 마지막까지 한 사람이라도 더 구하려고 했던 경찰이나 구급대원들, 그리고 심폐소생술을 실행했던 시민들이 오히려 미안해했다. 왜 이런 자책은 재난참사 유가족들의 몫이어야 하는가. 왜 이런 미안함은 시민들의 몫인가?

우리는 다시 국가 부재의 상황을 겪고 있다. 이런 때일수록 공감의 공동체가 필요하다. 아픈 유가족과 피해자들의 곁에서 "당신들 잘못이 아니다."라고 말해주는 인간적인 공감력을 보여주어야 할 때다. 국가가 부재할수록 시민들의 이런 공감이 무너져 버린 사회를 살려낸다. 세월호 참사 때 그랬던 것처럼, 피해자들의 곁에 서는 것. 그것이 진정한 애도이다.

✿ 이 글은 이태원 참사 발생 직후에 쓴 글입니다.

박래군

사람 곁을 지키는 인권운동가이자 작가. 지금은 4·16재단 상임이사로 일하고 있다.『상처는 언젠가 말을 한다』,『우리에겐 기억할 것이 있다』,『사람 곁에 사람 곁에 사람』등을 썼다.

박래군

박혜지

2022
12
16

그날은 지인들과 북촌 골목을 걷기로 한 날이었다. 징조? 징조가 있었다면 가을 하늘 공활하고 덥지도 춥지도 않은 날이었다는 것, 주말을 맞은 북촌 거리에 사람이 무척 많았다는 것, 골목에 아기자기 자리 잡은 몇몇 상점들에서 핼러윈을 상징하는 호박 장식을 보았다는 것, 낼모레면 10월의 마지막 날이라는 것, 이용의 노래 「잊혀진 계절」이 잊히지도 않고 떠올랐다는 것, 때문에 조금은 센티멘털해졌다는 것, 그런 것들이었다. 아무 일도 일어나지 않았다면 굳이 떠올릴 필요도 없는 것들. 한옥마을과 핼러윈이라, 흥미로운 조합이네. 농담인 듯 그저 웃으며 지나쳐도 되는 것들. 영어와 일본어와 중국어로 쓰인 어느 전통 음식점의 길거리 메뉴판 같은 것들. 단풍이 절정을 향해 치닫고 있던 그날, 북촌 전망대에서 바라본 서울은 아름다웠다.

그러나 그날 나는 몹시 피곤했다. 낮밤이 바뀐 생활습관 때문에 한숨도 자지 못한 데다 갑자기 너무 많이 걸었다. 스마트폰 어플을 확인한 지인이 총 1만 2천 보를 걸었다고 말해줘서 더욱 피곤하게 느껴졌다. 막걸리 마시자는 제안을 단호히 거절했다. 술 한 방울 마시지 않았는데 이미 해롱해롱했다. 섭섭해하는 지인들을 등 뒤에 남겨 두고 버스를 탈까 지하철을 탈까 잠시 고민하다가 지하철을 탔다. 집에 도착하자마자 씻지도 못하고 잠들었다. 깨어서 시간을 확인하려는데 안전안내문자가 도착했다.

[서울특별시청] 용산구 이태원 해밀턴호텔 인근 긴급사고로 현재 교통통제 중입니다. 인명사고 우려로 해당 지역 접근 자제 부탁드립니다.

12시 04분이었다. 불이라도 났나? '이태원 해밀턴 호텔'로 검색해 보았다. 순간 눈앞에서 노란 나비들이 후루룩 날아올랐다.

나는 아무래도 느린 사람. 아무 생각도 나지 않는 며칠이 지나고 나서야 슬픔이 찾아왔다. 어째서인지 10·29와 4·16이 자꾸만 겹쳐졌다. 모든 게 그때와 닮아 보였다. 다른 것이 있다면 사회적 참사 앞에서 더 빨리 예의를 지킬 줄 알게 되었다는 것, 안타까운 죽음 앞에서 무엇이 중요한지 좀 더 이성적으로 판단할 수 있게 되었다는 것이다. 이것

박혜지

은 분명 4·16이 남긴 유산이겠는데, 어쩐지 이 유산을 원래부터 선량했던 사람들끼리만 나눠 갖게 된 것 같아서, 어떤 사람들은 과거로부터 배운 게 하나도 없는 것 같아서, 이 귀중한 유산의 가치가 절반으로 떨어진 것 같아서 내내 화가 났다.

애써 찾아보지 않아도 관련 기사가 저절로 검색되었다. 당국의 무책임한 대응과 책임을 회피하기에 급급한 관료들에 관한 기사들 사이로 가슴 뭉클한 기사가 종종 보였다. 이번에는 '청재킷을 입은 의인'에 관해서였다. 그는 급박한 상황에서 사람들을 '비교적 안전한' 난간 위로 끌어 올렸고, 인파에 휩쓸리지 않도록 온몸으로 버티며 많은 이들을 구했다고 했다. 기사를 읽는 순간 '청재킷을 입은 의인' 위로 한 사람이 겹쳐졌다. 일명 '파란 바지 아저씨'다.

그는 세월호 참사의 영웅이었다. 2014년 4월 16일의 그 바다에서 가장 많은 승객을 구해냈다. 그는 제주섬과 육지를 오가는 화물트럭 운전기사였고, 건강하고 날렵한 신체의 소유자였다. 그는 세월호가 가라앉고 있을 당시 누구보다 먼저 탈출했다. 그가 침몰하는 배를 버리고 바다로 뛰어들려고 했을 때, 검푸른 물결 위로 딸아이의 얼굴이 떠올랐다. 등 뒤에는 딸아이와 같은 얼굴을 한 아이들이 있었다. 그는 그대로 발길을 돌려 다시 배 안으로 들어갔다. 곧바로 미친 사람처럼 아이들을 구해냈다. 마치 그것만을 위해 태어난 사람처럼 사력을 다했다.

그러나 내가 만난 그는 한 점 검은 그림자일 뿐이었다. 침몰하는 배에서 가장 많은 아이들을 구조했으나 정작 자신의 영혼은 건져내지 못한 것처럼 허깨비가 되어 있었다. 사람이 반쪽이 되었다는 말을 그처럼 여실히 목도한 적은 없었다. 몸에 붙었던 살이 다 내려 삐삐 마른 그는 서 있기조차 힘든 듯했고, 얼굴 가득 드리운 그림자는 너무 검어서 비현실적으로 보였다. 목소리는 너무 작아서 옆에 가까이 귀를 대도 말을 알아듣기 힘들었다. 말소리 속에는 한숨이 절반쯤 섞였고, 그 숨소리는 거칠고 가팔랐다. 말을 하는 것 자체가 무리인 듯, 그는 중간중간 말을 멈추고 한참을 침묵했다. 그 침묵 또한 너무 무거웠다.

처음 말을 배우는 사람인 듯, 혹은 이 세상에 마지막 말을 내려놓는 사람인 듯 그가 힘겹게 꺼내놓은 말을 한마디로 요약하면 이렇다.

"죄스럽다."

더 많은 아이들을 구했어야 하는데, 단 한 명이라도 더 구했어야 하는데 그러지 못해 죄스럽다는 것이다. 눈을 감아도 눈을 떠도, 선실 유리창을 두들기던 아이들의 눈동자가 떠오른다고 했다. 그러면 죽을 것처럼 미안해져서 숨이 쉬어지지 않는다고 했다. 미칠 것 같은 마음을 스스로 어쩌지 못해 그는 밤이고 낮이고 무작정 집을 뛰쳐나가 아무 산에나 올라가 들짐승처럼 며칠을 헤맸다. 집에 있을 때는 정신을 잃을 때까지 술을 마셨고, 다시 정신이 들면 그길로 뛰쳐나가 울부짖으며 산을 헤매는 들짐승이 되었다.

더 처참한 건, 딸을 대하는 그의 태도였다. 탈출의 순간 발길을 붙잡은 딸의 얼굴, 침몰의 마지막 순간까지 아이들을 구조하게 만든 딸의 얼굴, 가슴이 미어지도록 사랑하는 딸의 얼굴을 그는 똑바로 보지 못하고 자꾸만 피하려 들었다. 딸의 얼굴을 보면 물에 휩쓸리던 아이들의 마지막 순간이 생각나 괴롭고 슬펐다. 딸이 예뻐 보이면 예뻐 보일수록 더 큰 고통이 밀려왔다. 급기야 그는 딸을 외면하는 것을 넘어 미워하게까지 되었다. 그런 자신을 발견할 때마다 소스라치게 놀랐고, 또 다른 죄책감에 휩싸였다. 그러면 다시 울부짖는 짐승의 시간이 찾아왔다.

그를 만나고 시간이 한참 흐른 뒤, 그가 몇 차례인가 자해를 시도했다는 소식을 들었다. 참사 이후 정부는 그에게 적정한 보상을 약속했지만, 그가 그 돈을 수령했는지는 알지 못한다. 알고 싶지도 않다. 다만 살아 있으나 산 것이 아닌 시간 속에 남겨진 그에게 '적정한' 보상이란 게 과연 가능한지 묻고 싶을 뿐이다.

사회적 참사의 현장에는 언제나 '의인' 혹은 '영웅'들이 있다. 그러나 이들이 아무리 위대한 일을 했어도 이들은 언제나 '반쪽짜리'일 뿐이다. 감사와 칭송의 말들에 앞서 당연히 받아야 할 보호와 보상은 이들의 차지가 아니다. 기실 이 말도 '반쪽짜리'다. 보호와 보상이란 참사를 전제하기 때문이다.

10·29 특별수사본부가 구성되었다. 지난한 여정 끝에 활동을 마친 사회적 참사 특별조사위원회의 권고사항이 그저 '권고'에만 머무르지 않도록 철저한 수사가 이루어지길 바란다. 수사도 권고도 가장 중요한 핵심은 관련자의 처벌과 피해자에 대한 보상이 아니라 똑같은 사회적 참사가 다시 일어나지 않게 하는 것이기 때문이다. 10·29에 4·16이 자꾸만 겹쳐지듯 또 다른 사회적 참사에 10·29가 겹쳐지는 일이 다시는 일어나지 않기를 염원한다. 영웅이 없어도 살기 좋은 세상, 하여 영웅이 더 이상 탄생하지 않는 나라가 되기를 간절히 희망한다.

✿ 여기에 쓴 '파란 바지 아저씨'에 관한 내용 중 일부는 『삶이 보이는 창』 2016년 봄호(통권 106호)에 실린 글 「지겹도록 잔인하고 식상한」에서 가져왔습니다.

박 혜 지

소설가. 제5회 구상문학상 젊은작가상을 받으며 작품 활동을 시작했다. 환하게 밤을 밝히는 보름달을 좋아하고, 낮에 나온 반달을 더 좋아한다. 잘못을 하지 않는 사람보다 잘못을 인정하고 사과하는 사람을 좋아한다. 그런 사람이 되고 싶다. 『사랑, 입니까』, 『오합지졸 특공대』 등을 썼다.

그날 밤, 결국 꿈을 꾸고 말았다.

나는 늙은 할머니였고, 일곱 살쯤 된 낯익은 듯 낯선 아이는 내 손주였다.

"할머니, 우리는 안전하지요?"

"그렇지 않단다."

"안전하지 않다고요?"

내가 고개를 끄덕이는 동안 아이의 얼굴은 당혹과 낭패감으로 발개졌다. 나는 아이에게 있는 그대로의 현실을 알려줘야 한다고 판단했다.

"고등학생이 되면 말이야. 수학여행을 갔다가 침몰하는 배에서 구조되지 못하고 창문으로 살려달라 외치다 죽을 수도 있고, 핼러윈 축제에 갔다가 사람이 너무 많아서 경찰에 신고를 했지만 목이 쉬도록 살려달라 소리치다 압사할 수도 있단다. 수백 명이 순식간에 죽는 일이 언제든 일어날 수 있단다. 그게 바로 우리가 살고 있는 나라야. 절대 안전하지 않아."

"정말이에요?"

"도와달라고 살려달라고 해도 소용없어. 몇몇 사람들의 노력이 있겠지만 역부족이지. 2014년 봄에도 또, 지난해 겨울에도 그런 일이 일어났단다."

"한 번도 아니고 두 번이나 사람들이 죽는 동안, 우리나라는요, 우리가 뽑은 대통령이나 높은 사람들은 뭘 했나요? 우릴 안전하게 지키려고 있는 사람들 아닌가요?"

"그 사람들은 국민을 살릴 틈이 없단다. 아주 바쁘거든. 권력이나 돈이 국민들의 목숨보다 더 중요하거든. 그런 일이 일어나도 눈 하나 깜짝하지 않아."

"그럼 같은 국민들은요? 이웃이나 친구들은요?"

"외면하고 망각하고 심지어 왜곡하고 이용하지. 그게 편하거든. 같이 아파하고 잊지 않고 기억하는 건 정말 어렵거든. 당장 먹고살기도 바쁘고. 그러니 참사 후에 공감이나 애도나 기억 같은 건 꿈도 꾸지 말아야 해. 오히려 비난을 들을 수도 있거든. 최대한 빨리 잊어야 해."

"그럼 우리나라는, 이 세상은 누구를 위한 건가요?"

"적어도 우리의 것은 아니란다."

"우리, 어떻게 해야 해요?"

임정희

나는 어떤 대답도 하지 못했고 아이의 눈동자에 비친 내 얼굴은 일그러지기 시작했다. 할머니가 아니라 불행과 예정된 비극을 전하는 무기력한 전령이었다. 죽지 않고 살아 있는 한, 언제든 비참하게 참사 속에서 죽을 수 있는 현실을 전하는 무책임하고 무기력한 생존자, 방관자 말이다. 참사가 계속될 거라는 무참한 예언, 그 어둠 속에서 "어떻게 해야 해요?"라는 한마디가 울리고 또 울렸다. 아이의 한마디는 나의 말이 되었다.

　꿈을 꾼 것은 낮에 본 뉴스 때문이었다.

　서울 도심, 이태원에 핼러윈 축제를 즐기러 모였던 젊은이들의 압사 소식이었다. 사전에 위험을 알렸던 여러 번의 신고와 살려달라는 호소는 묵인되고 말았다. 상식적인 안전 시스템이 작동했다면 살릴 수 있었는데도 방치된 이상한 참사였다. 이번에도 결국 인재였고 피해자는 대부분 십대와 이십대였다. 며칠 후 이태원 참사에서 살아남은, 그러나 친구가 바로 앞에서 숨이 막혀 죽는 걸 목도한, 그 비극의 기억을 잊으려 애써 성실하던 학생이 스스로 목숨을 끊었다는 뉴스까지 전해졌다. 이후에 전해진 내용들 역시 왜곡과 외면과 책임 회피와 이상한 대응이었다.

　지난 2014년 봄, 세월호 참사 당시처럼 참사 이전에도 참사 현장에서도 그리고 이후에도 같은 대처였다. 세상의 어른으로, 가정의 부모로 고개를 숙이게 만드는 사태의 반

복이었다. 나라는 그들을 지켜주기를 외면했고, 책임지고 소명해야 할 사람들은 거짓말과 왜곡으로 일관했다. 애도조차 여의치 않았다. 모든 것이 축제를 즐기러 모여든 젊은 이들의 탓인 양.

8년 전 그날, 우리는 경주로 수학여행을 간 두 아들을 기다리는 중이었다. 여느 날과 다름없는 한가한 날이었지만 뉴스에선 진도 앞바다, 수학여행을 갔던 학생들이 기울어진 세월호 안에서 구조를 기다리는 중이라고 했다. 당연히 구조될 줄 알고 지켜봤던 영상이 결국은 수장되는 아이들의 마지막을 목도하는 의식이 되고 말았다. 참사 후엔 누구 하나 책임지지 않았다. 공감과 기억마저 비난했다. 마치 모든 책임이 희생자들에게 있다는 듯이. 그날, 나의 두 아들은 집으로 돌아왔고 참사가 우리의 일이라고 생각한 것은 얼마간이었다. 백팩의 지퍼 손잡이에 노랗고 작은 리본을 달고 다니는 것이 전부였다. 교복을 입은 학생들을 보면 부끄럽고 울컥하는 감정은 일순간이었다. 참사의 짙은 어둠으로부터 등을 돌린 나는 흩어진 공감과 잊혀진 기억의 시간을 보냈다. "우리, 어떻게 해야 해요?"라는, 꿈속 아이가 한 말은 세월호 참사 희생자 중 한 명이 남긴 마지막 외침이었다.

다시 8년 후, 바다 한가운데에서 지켜내지 못한 목숨

임정희

은, 서울 도심 한복판에서도 살려내지 못했다. 그렇게 참사는 다시 들이닥쳤다. 달라진 거라곤 참사의 장소가 바다가 아니라 육지라는 것. 우리는 다시 한번 너희들이 사는 세상은 안전하다고 결코 말할 수 없는 어른이 되었다. 이번에도 그들은 애도를 지우려 했고, 서둘러 덮으려 했다. 참사를 향한 선의조차 상처받았다. 서서히 참사의 어둠으로부터 고개를 돌리라고 삿된 망령들이 들끓었다. 공감과 기억마저 압사시키는 형국이었다. 그들은 알고 있었다. 어둠의 한가운데를 걸어가서 그 밀도와 무게, 슬픔을 온전히 견뎌내면, 하나하나 밝혀서 들여다보고 밟아간다면 드러날 진실, 진실이 열어준 희망 앞에 사람들은 힘을 얻는다는 것을. 그들은 우리가 매번 등을 돌려 다시 참사가 찾아오기를, 우리의 것을 넘어 나의 것으로, 내 자식에게 내 부모에게로 다시 지속되기를, 공감과 기억을 잃고 반복되는 참사 속에서 죽어가고 죽어가도록 방치한다.

꿈은 망각의 정체를 거슬러 내가 믿는 은밀한 동력을 환기시켰다. 우리 내면에 있는 것은, 우리가 할 수 있는 모든 일보다 더 위대하다. 우리 안에 원초적인 마음이 모여 현상에 이르고, 이 현상이 세상을 변화시킨다. 잊어버린 참사와 다시 일어난 참사의 한가운데서, 마음으로부터 떠나보낸 공감과 기억을 조우한다. 마음의 거대한 힘, 공감과 기억은 우리 스스로 구해낼 수 있는 유일하고 본질적인 힘이다. 최후까지 살려내야 할 우리의 것이다. 살아남은 우리들에게 그들이 두려워하는 것이다. 수학여행을 간 학생들이, 핼러윈 축제를 즐기러 간 젊은이들이 죽어야 할 이유는 없다. 죽고 나서도 소외받을 이유는 더더욱 없다. 상실한 공감과 잊혀진 기억의 부활, 그 연대야말로 "어떻게 해야 해요?"라는 물음에 우리가 들려줄 대화의 시작이지 않을까. 한마디 외침, 몇 개의 문장, 어떤 노래나 일상 속에 자기만의 행동 같은 것들 말이다. 세월호 참사 생존자의 오른팔목, 노란 리본에 새겨진 '20140416' 타투처럼.

임 정 희

2011년부터 라디오방송 작가로 일했고, 20년간 적은 육아 기록을 모아 『어쩌면 동심이 당신을 구원할지도』를 썼다. 지금은 라디오 드라마를 쓰며, 시나리오를 준비하고 있다.

I

"엄마, 내가 생각했던 고등학교 생활이 아니어서 너무 힘들어! 자퇴하고 싶은데 수학여행은 가고 싶으니 그때까지만 버텨볼게요."

"아, 그래….".

"엄마, 무슨 생각 해? 내 얘기 듣고 있어?"

"음, 듣고 있어. 다녀오고 결정해도 늦지 않아. 엄마는 기다릴게."

둘째가 고등학교에 입학하고 얼마쯤 지나자 적응이 힘든지, 앓는 소리를 했다. 아이가 힘들다는 이야기를 최대한 무던하게 들어주려고 노력했고 퇴근하면 바로 픽업을 가기도 했다. 그러던 어느 날, 아이의 입에서 '수학여행'이라는 단어를 듣자 순간 가슴이 철렁했고 이내 먹먹해졌다.

　이곳 제주에서는 중학교 2학년, 고등학교 1학년 때 뭍으로 수학여행을 간다. 코로나19가 찾아와 일상이 뒤엉켜 버린 첫해에 둘째는 중학교 2학년이었으니 수학여행을 다녀올 수 없었다. 3년 차가 되어 사회적 거리두기가 해제되면서 다니는 고등학교에서도 10월에 수학여행을 갈 수 있다고 했다. 그러니 둘째에게는 친구들과 함께 뭍으로 가는 첫 수학여행인 셈이었다. 원하던 고등학교 생활이 아니라 실망하고 낙담했지만 중학교 때 가보지 못한 수학여행은 친구들과 꼭 가보고 싶다고, 그 설레는 마음으로 그동안은 버티겠다니 마음 졸이며 지켜보던 엄마로서는 반가운 노릇이었다. 힘들어서 자퇴를 생각하고 있지만, 수학여행 이후 선택하겠다는 통보(?)에도 오히려 시간을 번 것 같은 안도감이 들기도 했다.

　하지만 '수학여행'이라는 단어를 들으면, 아직도 믿기지 않는, 잊히지 않는 슬픔이 떠올라 가슴 한쪽이 아려온다. 단원고 2학년 학생들과 선생님들. 누군가의 딸과 아들이었던, 부모였던 그들이 수학여행을 오던 중 맞이한 처참한 죽음에, 하루아침에 사랑하는 가족을 잃은 유족들의 고통스러운 절규가. 그들이 향했던 이곳, 제주에서 나고 자란 나는 TV로 봤던 그날의 참상이 떠오르며 더 모골이 송연해졌다.

김경희

2

꽃피는 4월의 제주는 몹시도 찬란하지만 이미 슬픈 역사와 기억을 머금고 있다. 얼핏 보면 시대와 공간, 대상이 달라서 다른 듯하지만, 국가가 죽음으로 내몰거나 방치한 사건이라는 맥락에서는 닮아 있다고 볼 수 있겠다. 곧 75주기를 맞이하는 제주4·3사건이 그것이다.

와락 초봄, 제주의 지상에 발을 디딘 사람들은 이마에 눈꽃을 인 한라산에 경탄하지. 이 땅을 둘러본 사람들은 말하지. 이렇듯 기막히게 매혹적인 풍광 속에 사는 사람들은 정말 축복받은 사람들이라고. 정말 그럴까. 제주도의 사월은 참으로 화사한 유채꽃으로 온 섬을 물들이지만 그것이 비린 아픔이라는 것을 아는지. 아름다움의 이면에 도사린 끔찍한 그 시절 이야기를, 이 섬에 참혹하게 피어난 붉은 꽃, 노란 꽃들은 어떻게 스스로 치유하는지를. (…) 가슴이 철렁 내려앉았다. 너무 기막히니 눈물마저 막혀버렸지. 단지 공포의 전율이 등줄기를 타고 내리고, 갑자기 증발해버린 가족들의 자리를 보면서 가슴만 쥐어뜯을 수밖에 없었지. 왜? 어떻게 백성을 보호해야 할 국가가, 국가공권력이, 이렇게 무참히도 사람을 죽이고 있는지 정말 모를 일이었다.

—『제주4·3을 묻는 너에게』중에서(허영선 글, 서해문집 2014)

팔순이 넘은 친정어머니와 일흔아홉의 시아버지는 제

주4·3사건 희생자의 유족이다. 여섯 살, 네 살이던 아이들이 부모와 형제를 잃고 억척스레 살아내야 했던 75년은 그야말로 '한의 세월'이었다. 그때 허망하게 죽어간 섬사람들은 누군가의 아버지였고 어머니였고 오빠, 언니, 동생이었다. 짐승처럼 도살되어도 상관없는, 이름 없는 무리가 아니었다. 척박한 제주 땅에서 각자의 역할을 해내며 숭고한 삶을 살아가던 섬사람들이었다. 제주4·3사건을 아는 사람들은 제주가 찬란함과 슬픔의 두 얼굴을 가진 모순된 땅이라고 표현한다. 딛고 서 있는 제주의 어느 땅 하나도, 만지는 저 돌멩이 하나까지도 슬픈 4·3의 역사와는 무관하지 않아서다.

3

이제 곧 4월이 오면 세월호 참사는 9주기를, 제주4·3사건은 75주기를 맞는다. 다른 듯 닮아 있는 아픔의 역사를 다시 마주해야 한다. 들여다보고 마주하는 것에도 용기가 필요하다. 〈월간 십육일〉 원고 청탁을 받았을 때 사실 주저하는 마음이 있었다. 글재주가 아직은 미천한 수준이라서 부끄러웠던 것도 있었고, 관련자도 아닌데 이 글을 써도 될까 하는 생각, 당사자성 때문이었다. 하지만 '당사자가 아니어도 당사자의 이야기를 대신 쓰는 것'이 글 쓰는 사람의 일이란 걸 어느 작가님의 북토크에서 들었던 게 기억났다. 두 아이의 엄마로, 청소년을 만나는 사람으로, 어쩌면 마땅

김경희

히 써야 하는 게 맞다고 생각해서 용기를 냈다.

　아픈 역사의 희생자인 섬사람들이 어떻게 한스러운 삶을 살아가는지 누구보다 가까이서 지켜봤다. 사랑하는 이를 잃은 상실감보다 이를 말하지 못하는 아픔이, 강요된 침묵이 헤아릴 수 없는 고통으로 어떻게 일상을 잠식해 가는지도 목도했다. 그 과정에서 피해자와 유족들의 한을 지속해서 알리고 풀어줘야 한다는 믿음이 생겼다. 부족하나마이 글이 세월호 참사를, 제주4·3사건을 기억하고 공유하는데 조금이라도 가닿았으면 바람이다.

　유족들과 함께, 안타깝게 생을 마감할 수밖에 없었던그들을, 절절한 그 이름들을 불러주고, 가슴 저미던 사연들을 오래오래 듣고, 기억하는 것이야말로 어쩌면 동시대를살아가는 우리의 과제라고 생각한다. 그래야 '수학여행', '핼러윈 축제'라는 단어에 더는 흠칫 놀라지도, 가슴이 덜컹 내려앉지도 않을 수 있으리라.

김 경 희

제주에서 나고 자랐다. 청소년 상담가이자 작가로 마음을 잇고, 돌보며, 글을 쓰고 있다. 『내가 좋아하는 것들, 집밥』 등을 썼다.

애도하는 사람은 아주 귀중한 주체다

2023
3
16

애도는, 우울은, 병과는 다른 것이다. (…) 애도가 하나의 작업이라면, 애도 작업을 하는 사람은 더 이상 속없는 사람이 아니다. 그는 도덕적 존재, 아주 귀중해진 주체다. 시스템에 통합된 그런 존재가 더는 아니다.

—『애도 일기』 중에서(롤랑 바르트, 김진영 옮김, 걷는나무 2018)

프랑스의 철학자이자 기호학자인 롤랑 바르트는 매우 특이한 저서들을 몇 권 남겼다. 대표적으로 『사랑의 단상』(김희영 옮김, 동문선 2023)은 사랑에 대한 철학적 성찰이면서, 에세이이기도 하고, 소설이기도 한 기묘한 책이다. 그 책에는 각종 철학자들과 철학 용어들이 등장하지만, 아주 논리적으로 사상이 전개되는 건 아니다. 오히려 사랑에 대한 개인적인 인상을 파편적으로 서술한 것에 가깝다. 그럼에도 일인칭인 화자는 마치 소설의 주인공처럼 이야기를 풀어나간다. 거의 전무후무한 '스타일'의 책을 남긴 것이다.

『애도 일기』 또한 참으로 '특이'하다. 이 책은 롤랑 바르트가 어머니가 세상을 떠난 후의 파편적인 기억들을 남긴 것이다. 제목 그대로 일기집인데, 그 일기들이 매우 솔직하면서도 바르트의 철학을 곳곳에 드러내고 있다. 롤랑 바르트는 평생 어머니를 각별하게 생각했기에, 어머니의 상실을 받아들이기 무척 어려워했다. 책에는 그 우울과 애도의 기록이 고스란히 담겨 있다. 때론 파편적인 비명처럼, 때론 흘러내리는 눈물의 조각처럼, 글들은 온갖 기억과 생각을 넘나든다.

책의 스타일 자체도 특이하지만, 그 내용도 독특하다. 롤랑 바르트는 자신의 애도를 이야기하면서, 이 애도와 우울은 무엇보다도 '병'이 아니라고 말한다. 오히려 애도하는 사람이야말로 아주 귀중한 '주체'라고 말한다. 심지어 애도하지 않는 사람들이 대부분 시스템에 통합된 존재라면, 애도하는 사람만큼은 더 이상 시스템에 통합되지 않은 존재라고 한다. 즉, 애도하지 않는 사람과 애도하는 사람을 구별하는데, 애도하는 사람이 존재론적으로 더 '우월'하다는 뉘앙스마저 남기고 있다.

우리 대부분은 시스템에 통합되어 살아간다. 즉, 이 사회의 온갖 규율과 형식, 체제 속에서 만들어진 존재로 살아간다. 내가 어릴 적부터 꾸던 꿈이나 갖고 싶은 직업도 대개 타인들이 좋다고 말하는 것들이다. 단적으로, 많은 사람들의 꿈은 그저 세상에서 좋다고 규정한 학교에 가서 세상이 좋다고 말하는 직업을 얻는 것이다. 마찬가지로, 우리가 평소에 소비하며 즐기는 것들도 모두 타인들이 만들어놓은 것들이다. 우리가 가고 싶은 여행지, 사고 싶은 브랜드의 옷, 보고 싶은 영화나 드라마 등 모든 것들이 이 사회 시스템(유행)에 따라 우리가 그저 좋아하는 것들이다. 달리 말해, 그 모든 건 모두의 욕망이자 '타자의 욕망'이지, 나만의 진짜 욕망이라 할 수는 없다.

그런데 롤랑 바르트는 '애도하는 사람'만큼은 '진짜 주체' 또는 '진짜 나'가 된다고 말한다. 누군가의 죽음을 애도하는 사람, 그 애도를 끝까지 놓지 않는 사람, 그 애도 속에서 밖으로 나가길 바라지 않는 사람은 누가 시켜서 그렇게 하는 것이 아니다. 오히려 사회 시스템은 그가 '애도 밖'으로 나오길 바란다. 애도 밖으로 나와서, 다시 사회를 위해 열심히 일하고, 열심히 소비하며, 남들처럼 열심히 사회 시스템의 일부 또는 부품으로 사회를 작동시켜 나가길 바란다. 그러나 애도하는 사람은 그 모든 걸 '중단'시킨 채로, 집요하게 자신이 상실한 사람을 바라보고 있다.

그렇기에 애도하는 사람은 아주 귀중해진(아주 드물고

정지우

희귀한), 보통 사람들과는 다른 특이한 주체가 된다. 모두가 타자의 욕망을 좇으며 시스템 속 존재로 살아가지만, 애도하는 사람은 그렇지 않기 때문이다. 애도하는 사람은 자기에게 그것이 별다른 이익이 되지 않는다는 걸 알면서도, 애도를 선택한다. 그렇기에 그는 남들처럼 '자기 이익을 좇는 존재'가 아니라 '도덕적인 존재'가 된다고도 말할 수 있다. 이때의 도덕이란, 그 자신만의 도덕, 이를테면 '그를 결코 잊지 않겠다'는 도덕이다. 그는 누구도 더 이상 관여할 수 없는 순수한 자기 결단으로, 진짜 자기만의 욕망으로 그 자리를 지키고 서 있는 것이다.

이런 식의 '애도'는 정신분석학에서 흔히 말하는 '애도 작업'과도 다르다. 정신분석학에서의 애도 작업이란 상실에 빠진 사람을 '낫게' 하여 다시 '사회'로 돌려보내는 걸 목표로 한다. 그래서 애도와 우울 속에 있는 사람을 '꺼내어' 치료하고 다시 사회 시스템의 일부로 돌려보내면, 정신분석가는 성공한 것이다. 그러나 롤랑 바르트는 자신은 낫지 않겠다고, 계속 애도하겠다고 하면서 '치유'에 저항한다.

그러나 아무리 애도가 그 자신의 고유한 결단이고, 주체가 되는 길이라 하여도, 그 순수한 상태를 계속 유지하기란 쉽지 않을 것이다. 우리가 인간인 이상, 대부분은 다시 사회 속으로 돌아와야 하고, 다시 사람들과 어울리면서 일상을 일궈가야 한다. 롤랑 바르트도 처음에는 이 애도의 주체로서 자기 자신을 지키는 데 골몰하지만, 일기 후반부로 갈수록 애도의 다음 단계랄 것을 고려하게 된다.

가장 상징적인 부분은 그가 "그녀의 가치관을 따라서 살려고 애를 쓴다."라고 적는 부분이다. 이후 그는 다시 적는다. "그녀가 사랑했던 것, 그것들이 나의 가치들을 결정적으로 만들어낸 것이다." 다시 말해, 그는 애도의 다음 단계를 찾아간다. 그것은 어머니가 자신에게 준 가치들을 기억하면서, 그 가치에 따라 살고자 하는 것이다.

애도의 다음 단계는 그 사람을 잊는 것이 아니다. 오히려 그 사람을 더 정확하게 기억하고 간직하는 방식이다. 그 사람이 내게 주었던 가치들, 그 사람이 살고자 했던 삶, 그 사람이 가치 있다고 믿었던 것을 내가 실현하며 사는 삶이다. 마치 그가 내 안에 현현하듯이, 그의 마음과 가치를 놓지 않고 사는 것이다. 그의 명랑이나 믿음이나 희망이나 꿈을 나의 것으로 여기며, 일체가 되어 살아가는 일이다. 그렇게 애도는 끝나지 않고 이어질 수 있다.

대개 상실의 슬픔에서 벗어나는 길은 그를 잊고 삶에서 지워버리는 일이라고 생각될 수 있다. 그러나 롤랑 바르트가 찾아간 길처럼, 오히려 그를 더 간직하는 방식으로, 슬픔을 끌어안고 애도를 지속하는 삶을 살 수도 있다. 그를 잊지 않고 사랑하면서 그를 위하여, 귀중한 주체의 길을 걸어 나갈 수도 있다. 그런 주체로 걸어 나간 이후의 길은, 그

정지우

이전과는 완전히 다른 사람으로 살아가는 일이 될지도 모른다.

그런데 세상에는 그런 길이라는 것도 존재할 것이다. 길은 언제나 여러 개가 있고, 우리는 그중 하나의 길을 택하여 걸어간다. 누구에게나 저마다의 길이 있기 마련이다. 애도의 길 또한 마찬가지다.

정지우

쓰는 사람들이 사랑하는 작가이자 변호사. 『청춘인문학』, 『분노사회』, 『당신의 여행에게 묻습니다』, 『고전에 기대는 시간』, 『인스타그램에는 절망이 없다』, 『내가 잘못 산다고 말하는 세상에게』, 『사랑이 묻고 인문학이 답하다』 등을 썼다.

4부

나 희 덕

이
곳
은

여
전
히

난
파
선

2023
4
16

　올해도 다이어리의 4월 16일은 노란색으로 표시되어 있습니다. 선명한 검은색 숫자들과 빨간색 숫자들 사이에서 16이라는 숫자는 보일 듯 말 듯 희미해 보입니다. 그래서 그 빈자리가 가슴에 뻥 뚫린 구멍처럼 더 아프게 느껴집니다. 세월호 참사 9주기가 가까워 오는데, 진상규명이나 책임자 처벌도 제대로 이루어지지 못한 채 너무 긴 세월이 흘러버렸습니다. 사람들의 기억 속에서도 세월호는 점점 희미해져 갑니다. 이제 할 만큼 하지 않았느냐며 볼멘소리를 하는 사람들도 있습니다. 하지만 4·16이라는 숫자는 여전히 무엇으로 메울 수 없는 기표로 우리에게 남아 있습니다. 깊은 바닷속에 잠겨 있던 세월호가 어렵게 지상으로 끌어 올려졌지만, 녹슬어 가는 세월호는 웅크린 짐승처럼 침묵하고 있을 뿐입니다.

지난 9년 동안 세월호와 관련해 제가 쓴 시들을 한 편씩 되짚어 봅니다. 우리의 집단기억을 시를 통해서나마 다시 헤아려보자는 의미도 있고, 세월호 참사에 대한 우리의 생각이 어떤 변화를 겪어 왔는지 돌아보자는 뜻이기도 합니다. 세월호 시편들은 시간이 지나면서 조금씩 달라진 모습으로 제 안에서 흘러나왔습니다.

세월호 참사가 일어난 후 꽤 오랫동안 시를 쓰지 못하다가 처음으로 「탄센의 노래」를 썼습니다. 시를 쓸 수 있는 최소한의 시야나 정신을 확보하지 못한 상태에서 탄센이라는 옛 샤먼의 목소리를 빌려와 불렀던 진혼의 노래였지요. 세월호 속에서 죽어간 아이들이 저에게는 아비를 구하기 위해 죽을 때까지 비의 노래를 불렀던 탄센의 딸처럼 여겨졌습니다. 잘못 살아온 어른들의 탐욕과 거짓의 역사를 일깨우기 위해 어린 목숨들이 대신 희생된 것만 같았습니다. 사실의 재현이나 논리적 비판에 앞서 추모와 진혼이 먼저였습니다. "노래의 휘장은 찢겨지고 / 비에 젖은 잿더미만 창백하게 남아 있는 밤 / 불과 비도 / 어떤 노래도 더 이상 들리지 않는 밤"을 그렇게 견뎌냈습니다.

「난파된 교실」에서는 세월호를 떠올리는 사물들과 기표들을 간신히 호명할 수 있게 되었습니다. "아이들은 수학여행 중이었다"로 시작하는 이 시에서 '난파된 교실'은 오늘날의 교육 현장이나 사회의 축도라고 할 수 있습니다. '가만히 있으라'는 말만 믿고 시키는 대로 앉아 아이들은 "주황색 구명조끼를 서로 입혀주며" 기다리고 있었지요. 누군가 '움직여라, 움직여라' 말해주었더라면 "그 교실이 거대한 무덤이 되지는 않았을 것"입니다. "파도에 둥둥 떠다니는 이름표와 가방들, / 산산조각 난 교실의 부유물들"만이 그 무덤의 잔해로 우리에게 돌아왔을 뿐입니다. 즐겁게 떠난 수학여행이 "죽음을 배우기 위해 떠난 길이 되고 말았"습니다. "지금도 교실에 갇힌 아이들"이 있습니다. 아이들이 주체적으로 판단하고 행동하도록 교육하는 것이 세월호 참사를 반복하지 않는 근본적인 길이기도 하다는 생각이 들었습니다.

「문턱 저편의 말」은 생존 학생이 증인으로 나온 재판에서 그 현장의 목소리를 받아 적은 시입니다. 그 당시 광주에 살았던 저는 세월호를 기억하는 시민상주 모임에 나갔고 재판을 지켜본 적도 있습니다. 2015년 1월 27일 열아홉 살의 증인 두 명이 법정에 앉아 있었습니다. "해경 123정 정장 김경일 업무상과실치사상 재판"에서 증인 A와 증인 B는 비교적 차분하게 그날의 상황을 진술했습니다. 그런데 방청석에서 그 증언을 듣는 동안 제 귀와 마음은 들먹거리기 시작했고, 사고 당시 세월호 안에 함께 있는 것 같은 경험을 했습니다. 귀에 물이 들어가고 배가 심하게 흔들리는 것처럼 증언의 말들이 제 귀에는 들렸다 안 들렸다 했

나희덕

습니다. 이 시에서 단어와 단어 사이에 수없이 끼어들고 출렁이는 말줄임표는 그래서입니다. 어린 증인들에게서 저는 "혀끝에서 맴돌다 삼켜지는 말. 귓속에서 웅웅거리다 사라지는 말. 먹먹한 물속의 말. 해초와 물고기들의 말. 앞이 보이지 않는 말. 암초에 부딪치는 순간 산산조각 난 말. 깨진 유리창의 말. 찢긴 커튼의 말. (…) 뼛속 깊이 얼음이 박힌 말. 온몸에 전류가 흐르는 말. 감전된 말. 화상 입은 말. 타다 남은 말. 재의 말"을 들었습니다. 증언의 강력함과 증언의 불가능성이 동시에 작동하는 시간이었습니다.

「가라앉은 자와 구조된 자」는 아우슈비츠의 희생자이자 증언자였던 프리모 레비의 책을 읽다가 아우슈비츠와 세월호를 연관시켜서 쓴 시입니다. 프리모 레비는 아우슈비츠에서 생환한 증언자로서 누구보다 치열하게 살았지만 결국 그 트라우마를 이기지 못하고 투신자살을 했습니다. 그는 구조된 자처럼 보였지만 결국 가라앉은 자들에게로 돌아간 것이지요. 그가 아우슈비츠를 '세계의 항문'이라고 불렀던 것처럼, 한국 사회에서 세월호를 삼킨 바다 역시 제게는 "지금도 시커먼 괄약근이 헐떡거리는 곳"이라고 여겨졌습니다. 부표 하나만이 "대답할 수 없는 질문처럼 흔들리고 있"던 그날의 바다를 다시 떠올립니다. 우리는 여전히 "가라앉은 자와 구조된 자 사이에서 // 일어나지 말았어야 할 일과 / 일어날 수밖에 없었던 일 사이에서"고통스럽게 서 있습니다.

가장 최근에 쓴 세월호 시편은 제 시집 『가능주의자』 (문학동네 2021)에 실려 있는 「어떤 목소리도 들리지 않는 것처럼」입니다. 시인으로서 제 생각을 말하기보다는 유가족이나 생존자의 잊혀져 가는 목소리를 시 속에 담고 싶었습니다.

— 누구를 기다리고 있나요?
— 우리 아이요.
— 이 차가운 바람 속에 언제까지 계시려고요?
— 주검이라도 기다려야지요.
— 이제는 누군지 알아볼 수도 없을 텐데요.
— 그래도 여길 떠날 수는 없어요.
제발, 아이 장례만이라도 치르고 싶어요.

이렇게 시작하는 시에는 구조를 도왔던 민간 잠수사의 목소리와 트럭 운전사의 목소리, 친구를 남겨둔 채 구조된 아이의 목소리도 있습니다. 그 간절한 목소리들이 잊혀지고 있는 현실이 안타까웠습니다. 그런 점에서 제가 정작 하고 싶은 이야기는 시의 마지막 두 줄에 들어 있습니다.

그러나 사람들은 무심한 표정으로 밥을 먹고 출근을 했다
어떤 목소리도 들리지 않는 것처럼

이것이 오늘 저 자신의 모습은 아닌지 돌아보게 됩니다. 세월호 참사 9주기를 맞으면서 다시 기억의 신발끈을 고쳐 맵니다. 그리고 희미해져 가는 기억 속에 그 목소리를 불러옵니다.

세월호 참사 이후, 말할 수도 없고 말하지 않을 수도 없는 어떤 난경을 통과하면서 시인들은 그 목소리와 함께해 왔습니다. "말할 수 없는 것에 대해서는 침묵해야 한다는 명제는, 2014년 4월 16일 이후 수정을 필요로 한다. 말할 수 없는 것에 대해 어떤 부작용도 불사하며 말해야 하는 세상이 있다. 그 말들이, 말하고자 하는 바와 어긋나고, 경청되지 않으며, 난데없는 악의적인 오독에 휩싸일지라도."라는 김수이의 말처럼, 이러한 곤경과 부작용에도 불구하고 "시가 할 수 있고 해야 하는 일은 가장 무력하고도 강력한 '작용의 언어'를 생산하는 것"입니다. 세월이 흐르면서 세월호에 대한 우리의 기억도 생각도 달라지겠지만, 그 비극을 반복하지 않고 안전한 사회를 만들어가려는 바람만큼은 갈수록 간절해질 것입니다. 이 난파선 위에서 우리에게는 아직 귀 기울여야 할 목소리, 불러야 할 노래가 남아 있습니다.

나 희 덕

아홉 권의 시집을 냈으며, 대학에서 현대시를 강의하고 있다. 시집 『그곳이 멀지 않다』, 『가능주의자』, 『말들이 돌아오는 시간』, 시론집 『문명의 바깥으로』 등을 썼다.

김 복 희

우리들의 팔복을 위해

2023
5
16

슬퍼하는 자는 복이 있나니

슬퍼하는 자는 복이 있나니

슬퍼하는 자는 복이 있나니

슬퍼하는 자는 복이 있나니

슬퍼하는 자는 복이 있나니

슬퍼하는 자는 복이 있나니

슬퍼하는 자는 복이 있나니

슬퍼하는 자는 복이 있나니

저희가 영원히 슬플 것이오.

윤동주의 시 「팔복—마태복음 5장 3~12」이다. 나는 이

194

김 복 희

시를 가끔 암송한다. 암송하다 보면 같은 구절을 여덟 번 외어야 할 것을 열 번 외든가, 열두 번을 외든가, 하염없이 외든가 할 때도 있다. 확실한 것은 저 구절을 외우면 외울수록 마음이 잠잠해진다는 것이다. 슬퍼하는 것이 잘못이 아니라는 생각이 들며, 슬퍼해도 이상할 것 없다고 다짐하게 된다.

슬퍼하는 자가 어째서 복이 있지?

어려서 읽었을 때는 참 모를 소리다 싶었기에, 이런 것도 시인가 싶었으므로, 슬쩍 밀어두기도 했던 시였다. 마태복음에 나오는 진짜 여덟 가지 복은 원래 이런 내용이다.

"심령이 가난한 자는 복이 있나니 천국이 저희 것임이요. 애통하는 자는 복이 있나니 저희가 위로를 받을 것임이요. 온유한 자는 복이 있나니 저희가 땅을 기업으로 받을 것임이요. 의에 주리고 목마른 자는 복이 있나니 저희가 배부를 것임이요. 긍휼히 여기는 자는 복이 있나니 저희가 긍휼히 여김을 받을 것임이요. 마음이 청결한 자는 복이 있나니 저희가 하나님을 볼 것임이요. 화평케 하는 자는 복이 있나니 저희가 하나님의 아들이라 일컬음을 받을 것임이요. 의를 위하여 핍박을 받은 자는 복이 있나니 천국이 저희 것임이라."

여기서 윤동주는 "애통하는 자는 복이 있나니 저희가 위로를 받을 것임이요."라는 구절을 가져와 다른 구절들을 다 대체해, 저 시를 쓴 것이다.

위로를 받겠다는 말 대신에 저희가 영원히 슬퍼하겠다는 말이 와야 했던 까닭을, 2023년에 이르러서야 나는 어렴풋이 알 것 같다.

세월호 참사가 일어나던 날, 나는 상갓집에 있었다. 상갓집에 앉아 밥을 먹으며 텔레비전 뉴스 속보를 봤다. 그리고 며칠 내내 뉴스를 찾아보며 과외 아르바이트를 하고 학교에 가고 시를 썼다. 등단하기 전이었으므로, 응모작을 모으려고 더 열심히 썼던 것 같다. 그 시간 동안 자주 얼어붙은 몸과 마음을 분노로 녹이며 광화문을 지나다녔다. 많은, 거의 대다수의 사람들이 돌아오지 못한 채, 진상규명이 제대로 이루어지지 않은 채, 어안이 벙벙하다는 말도 무색하게, 겨울이 됐다. 그 추운 봄에서 겨울로 계절이 갑자기 좁혀 앉은 것처럼, 시간이 사라진 것 같았다. 아니, 시간이 아주 길어져서, 그 안에서 계속 춥다 추워 하면서 오래오래 기다리는 것 같았다.

저희가 영원히 화를 내야 할 것 같았다. 화를 내지 않으면 이대로 얼어붙어 버릴 것 같았다. 잊혀질 것만 같았다.

나는 그해 겨울 신춘문예로 등단했다. 등단을 하면, 등단 소감을 써서 신문사에 보내야 한다. 나는 등단 소감에

김복희

자주 슬프고 화가 나지만, 무서워서 화를 잘 못 내겠다고 썼다. 사람들이 다치지 않고, 편히 쉴 수 있는 유연한 건축물 같은 시를 쓰고 싶다고도 썼다. 등단 기념 시상식 자리에서 소감도 아주 짧게 말했다. 세월호 참사에 대한 진상이 규명되지 않은 상황에 대해 공적인 자리에서 제대로 화를 내고 싶었는데, 당시에는 용기가 나지 않았다. 에둘러 말했고, 짧게만 말할 수 있었다. 혼자 있을 때 울고, 혼자 있을 때 화내는 것만 겨우 할 수 있었다.

그리고 벌써 2023년이 왔다. 지금의 나는 좀 더 크게 화내고 이제는 슬퍼함을 감추지 않는다. 나는 아직도 슬퍼하고 아직도 화내고 있냐고 묻는 사람들에게, 영원히 화낼 것이고 영원히 슬퍼할 거라고 말할 수 있다.

나는 천국에 가려고 슬퍼하는 것이 아니다. 용기도 없고 똑똑하지 못한 내가 아직도 할 수 있는 유일한 일이, 슬퍼하는 일이어서 슬픔을 하는 것일지도 모른다. 하지만 나는 윤동주가 "슬퍼하는 자는 복이 있나니"를 다른 구절을 다 지우고 반복해 놓은 까닭이, 사람이 혼자 슬퍼하지 않도록 하라는 뜻인 것 같다는 생각이 든다. 슬퍼하는 이가 있다면, 함께 슬퍼하라는 뜻 같다.

나는 잊지 않는 사람들 옆에서 듣고 기억하고 싶다. 그리고 이 기억과 슬픔에 대해 계속 말하고 싶고 잊지 않고 싶다. 나는 우리들의 팔복을 영원히 남기고 싶다. 내 옆 사람에게, 그 옆 사람에게도. 윤동주가 그랬듯이. 영원히.

김 복 희

시 인. 2015년 한국일보 신춘문예로 등단했다. 시집『내가 사랑하는 나의 새 인간』,『희망은 사랑을 한다』,『스미기에 좋지』, 산문집『노래하는 복희』,『시를 쓰고 싶으시다고요』등을 썼다.

그때 나는 친구들과 함께 어느 출판사에서 주최한 SF 세미나에 참석하고 있었다.

이제 막 동화와 청소년소설에 발을 디딘 신인이었고, 당분간 '오늘의 여기'로는 돌아오지 않겠다고, 우주 배경이거나 외계인이 등장하는 이야기만 쓰겠다고 떠들고 다니던 SF 소설가 지망생이었다. 처음으로 참석한 SF 세미나가 얼마나 설렜는지 그날 나와 친구들의 자리 배치, 강연장에서 받았던 강의록의 질감과 내용, 심지어 내 앞에 앉았던 여성분의 땋은 머리까지 생생하게 기억이 난다.

'내가 써낼 수 있을까' 하는 고민이 없던 시절이었고, 초보적인 형태의 SF 시놉시스들을 수십 장 쟁여놓고 그게 모두 책이 되리라 믿던 시절이었다. 지구 멸망 후 먼 항성

계로 이주한 생존자들의 이야기, 어느 날 지구를 뒤덮어 버린 식인식물 이야기…. 이제 SF 세미나까지 들었으니 뭐든 써낼 수 있을 것 같았다.

중간에 서해에서 대형 사고가 났다는 속보가 전해졌지만 전원 구조 소식이 이어졌던 터라, 세미나와 뒤풀이로 즐겁기만 한 날이었다. 하지만 친구들과 이른 저녁을 먹으러 갔던 식당에서… 들뜨고 떠들썩했던 하루가 끝이 났다.

'전원 구조'는 오보였다.

그날 이후, 나는 이러이러한 사람이라는 확신들이 흔들렸다. 내가 진짜 어른이 맞긴 한지 의심하게 되었고 오늘을 떠나 미련 없이 미래와 우주로 가겠다던 패기도 꺾였다. 기세 좋게 뻗어가던 샛강이 세월호라는 커다란 물굽이를 만나 느리게 우회하며 흐르기 시작한 것이다.

2014년 봄, 나는 SF 장편소설을 쓰고 있었다. 첫 장편소설이었고 〈스타트랙〉과 〈스타워즈〉를 보고 자란 세대로서 성간우주에 대한 상상과 기대감을 욱여넣고 있었다. 하지만 4월의 그날 이후 나는 '현실'에 기반한 새 장편소설을 쓰게 되었다. '진아'라는 이름의 열여덟 살 아이가 자기 인생의 불편한 진실들을 추적하고 끝내 마주하는 이야기였다. 이 이야기는 이듬해 『꽃 달고 살아남기』(창비 2015)라는 작품으로 출간되었다.

2014년의 간절함이 아니고선 쓸 수 없는 작품이었다.

최영희

시놉시스와 주제도 없이 들어섰고, 주인공 '진아' 말고는 등장인물들의 이름도 정해두지 않았다. 작품을 끌어가는 동력은 세월호 참사의 진실에 관한 질문들이었다. 투박한 글이었고, '중간중간 세월호 이야기가 몰입을 방해했다'는 내용의 리뷰도 더러 받았다. 변명을 하자면 어쩔 수 없는 일이었다. 2014년 4월의 일은 내 삶에 부자연스러운 단절을 가져왔고, 어떻게 해도 그날의 기억 없이는 그해와 그해의 글들을 설명할 길이 없다.

'참된 나'라는 뜻을 가진 '진아'라는 주인공 이름 또한 그해의 산물이다. 2014년에 쓴 글들은 모두 '진아'가 주인공이었다. 출간 기회를 잡은『꽃 달고 살아남기』와 「안녕, 베타」(『안녕, 베타』, 최영희 외 글, 사계절 2015)의 진아도 있지만 끝내 세상에 소개되지 못한 진아들도 여럿이다.

장편소설『꽃 달고 살아남기』의 진아는 생모를 찾아 나선 청소년이었고, SF 단편소설「안녕, 베타」의 진아는 로봇 친구를 본래 용도대로 쓰다가 폐기할지, 여러 가지 불이익을 감수하고서 떠나보낼지 고민하는 청소년이었다. 현실 배경인 소설에도 인공지능 로봇이 등장하는 SF 소설에도 주인공은 언제나 '진아'였다. 나의 진아들은 하나같이 삶의 참과 진실을 찾아 나선 아이들이었고, 2014년의 고민들이 녹아 있는 캐릭터였다.

그해의 '진아' 이야기는『꽃 달고 살아남기』작가의 말 일부를 인용하는 것으로 갈무리하고자 한다.

"나는 내가 어른인 줄 알았다. 4월 16일의 서해 바다가 있기 전까지는…. 그 소식을 접하고서야 나는 내가 어른도 뭣도 아님을 알았다. 살아남는다는 게 이토록 저릿하고 뼈근한 일인 줄도 그때 알았다. 잠이 오지 않고 숨이 막히던 어느 밤, 진아를 만났다. 진아는 뜨겁게 제 우주를 더듬어 갔다. 사람들이 감춘 게 무엇인지 끝끝내 캐물었다. 부끄러운 어른이 되지 않을 아이 같아서, 나 또한 진아를 포기하지 않았다."

두 번째 장편소설 『구달』(문학동네 2017)도 2014년의 기억에서 시작된 작품이었다. 장르적으로는 SF의 변방쯤에 위치하는 작품이지만 그 기원은 '왜 사회가 아픈 이들의 목소리를 외면하는가?'라는 고민이었다. 2017년에 『구달』이 출간되자 아직도 세월호 이야기를 하느냐고 되묻는 사람들이 있었다.

사실 두 가지 이유가 있었다. 하나는 이 작품이 2015년, 세월호 참사 이듬해부터 쓰기 시작한 작품이었기 때문이다. 1년은 상처가 아물기에 터무니없이 짧은 시간 아닌가. 두 번째 이유는 세월호 참사 유가족의 아픔을 외면하거나 혹은 조롱하는 자들의 목소리가 예상보다 컸기 때문이다. 세월호 참사를 직접 등장시키지는 않았으나 작가로서 '경청'의 의미를 되짚어 보고 싶었다.

당시의 고민들이 담긴 『구달』 속 작가의 말을 짧게 인

최영희

용하고자 한다.

"듣는다는 건 무엇을 뜻하는가? (…) 주인공 달이는 현실의 내가 가지 못하는 길을 갔다. 어디선가 들려오는 소리를 듣고, 소리의 발원지로 눈길을 돌리고, 거기로 갔다. 결국 누군가의 사연과 기척을 듣는다는 건, 그 존재에 눈길을 주고 그 곁으로 가는 일이며 존재론적 응답임을 달이에게 배웠다."

세월호가 담긴 세 번째 작품은 『광장에 서다』(최영희 외 글, 별숲 2017)라는 앤솔러지에 수록된 단편 「점 하나」다. 수능 모의고사 성적 그래프의 하위 등급 속 '점 하나'에 불과했던 주인공 오하나가 광화문 촛불시위에 참석하며 스스로를 반짝이고 뜨거운 '점 하나'로 인식하게 되는 내용이다. 「점 하나」를 끝으로 나의 글은 세월호를 벗어나게 되었다. 하지만 세월호라는 물굽이를 우회하며 체득한 현실 인식은 그 후로도 내 작품의 근간이 되었다.

나는 장르와 상관없이 십대들이 세상과 맞서는 이야기를 주로 쓴다. '가만히 있으라'는 주문으로 많은 걸 잃은 경험이 나를 이곳으로 데려왔다. 최근에 발표한 『이끼밭의 가이아』(씨드북 2023)는 압도적 힘을 가진 외계 침입자가 초래한 디스토피아에 맞서는 열일곱 살 '가이아'의 이야기였다. 그리고 곧 발표를 앞두고 있는 『날씨부터 동그라미』(낮은산

2023)는 엄마 아빠의 보편우주에서 끝끝내 자기만의 개별우주를 지켜내는 열다섯 살 여자아이가 주인공이다.

누군가의 아픔을 외면하지 않고, 그 아픔에서 무언가를 배우는 세상에는 희망이 있다고 생각한다. 뒤틀린 세상과 악몽에 맞서는 십대들과, 그들을 지키고 응원하는 어른들이 있는 한 세상에는 희망이 있다고 생각한다.

오늘도 그 믿음으로 원고지를 채워가고 있다.

최 영 희

2014년에 작가가 되었다. 외계인과 청소년, 그리고 그들이 활약하는 이야기를 좋아한다. 「안녕, 베타」로 한낙원과학소설상을, 『꽃 달고 살아남기』로 창비청소년문학상을 받았다. 『너만 모르는 엔딩』, 『구 달』, 『이끼 밭의 가이아』 등을 썼다.

강민영

2023

7

16

I

매년 12월이 돌아오면 새로운 달력을 고른다. 벽걸이
형 달력은 쓰지 않기 때문에 언제나 곁에 두고 바로 볼 수
있는 탁상 달력을 선호하는 편이다. 이제는 종이 달력보다
구글 캘린더를 더 자주 들여다보면서도, 달력을 사는 행위
를 멈추지 않고 반복한다. 직접 손으로 적어두어 기억하고
싶은 날들이 있기 때문이다. 매년 어김없이 반복되는 4월
16일은 더더욱 그렇다.

아직도 그날을 기억하며 4월의 작은 한 칸을 내어주는
달력도 있지만, 시중에서 판매하는 대부분의 달력에서 그
날의 슬픔은 잊혔거나, 기록되어야 함에도 불구하고 그 자
리를 정당히 할당받은 적이 없다. 그렇기에 꽃과 풀이 고

개를 드는 봄의 16일을 잊지 않게끔 새 달력을 열어 그곳을 확인하고 무언가를 기록한다.

그렇게 달력을 바라보고 있으면, 아주 가끔씩 2014년 4월 16일에서 더 나아가지 못하고 멈춰 있는 시간을 마주하게 된다. 첫 번째는 나의 기억과 기록이다. 사무실에 앉아 여기저기서 터지는 탄식과 분노의 목소리를 듣던 날을 기억한다. 뉴스 화면과 SNS만 들여다보며 잠을 이루지 못했던 그 일주일 동안 썼던 비공개 일기가 블로그에 여전히 남아 있다.

두 번째는 타인의 기록이다. 정확히, 그리고 확실하게 기억해 두고 싶은 이름, '레네미아'의 기록. 그의 블로그는 2014년 4월 15일에 멈춰 있다. 완전히 동결된 그의 마지막 포스팅을 나는 매년 들여다본다. 그곳에는 그 멈춰진 시간에 대한 많은 사람의 댓글이 남아 있고 또 남겨지는 중이다. 이렇게 멈춰 있는 2014년 4월 16일의 시간이 얼마나 많겠는가. 그럼에도 불구하고 더는 앞으로 나아가지 못하는 참담한 기록을 추모하며, 다시 달력을 연다. 일주일 전, 한 달 전에 남겨진 불특정 다수의 토로에 나도 몇 자를 끄적이며 그 틈새에 비집고 앉는다. 잊지 않겠다는 말을 수도 없이 했건만, 그 말을 할 때마다 입이 건조하고 바싹하게 타들어가는 느낌이다.

강민영

2

　진도에 가야겠다는 생각을 한 건 세월호 참사 6주기 때였다. 코로나19라는 질병이 온 나라를 감쌌고 길과 길이 막혔던 시기였다. 자전거로 여기저기를 돌아다니는 걸 좋아하는 나는 자연스레 사람들의 발길이 많이 닿지 않는 곳, 특히 수도권에서 제법 먼 곳을 찾아다녔다. 전국 지도를 눈앞에 두고 이곳저곳을 둘러보다가 지금까지 단 한 번도 진도에 가보지 않았다는 사실을 깨달았다. 바로 그해에 비경쟁 장거리 라이딩인 '랜도너스' 퍼머넌트 코스로 세월호 참사를 기억하는 'PT— 416 봄날'이 생겼다. 진도 팽목항에서 출발해 안산 단원고등학교 기억교실로 돌아오는 416킬로미터의 코스로 이루어져 있는데, 이 코스를 설계할 때 이름에 대해 깊게 고민하셔서 의견을 전달드리기도 했다. 언제고 이 챌린지에 참여해야겠다 생각하고 있었는데, 그 계획의 일환으로 망설임 없이 진도행을 택했다.

　팽목항에 도착하자마자 가장 먼저 빨간 등대 앞에 섰다. 커다란 노란색 추모 리본을 보며, 이곳에 몇 번이고 와본 듯한 느낌이 들었다. 눈에 선하도록 봤던 이미지였기 때문일까. 작은 등대 곁에 서니 갑작스러운 돌풍이 불어와 몸을 가눌 수 없어졌다. 그길로 팽목 기억관을 향해 걸어갔다. 팽목 기억관은 팽목항을 정면으로 바라보며 황량한 벌판 위에 세워져 있었다. 안으로 들어가려고 문을 열자, 익숙한 노래가 흘러나온다. 잠결에도 꿈결에도 잊을 수 없는 노래다.

다른 사람의 이름을 그렇게 오래 불러본 적이 있을까. 다른 사람의 이름이 들어간 멜로디를 그렇게 오래도록 말해본 적이 있을까. 기억관 한편에 서서 사진과 리본, 메시지와 리본 들을 계속해서 바라본다. 그때, 다리를 간질이는 무언가가 느껴져 아래를 내려다봤다. 검고 하얀 얼룩무늬의 고양이와, 밝은 갈색의 치즈 고양이 두 마리가 나를 빤히 올려다본다. 번갈아 야옹거리는 고양이들의 목소리를 들으며, 한달음에 근처 슈퍼로 달려가 고양이 사료 캔을 몇 개 사 온다. 고양이들의 눈빛이 초롱해진다. 곧 고릉고릉 소리를 내며 두 마리 고양이들이 캔 쪽으로 고개를 숙이기 시작한다.

고양이들 때문인지 기억관에서 흘러나오는 노래 때문인지 아니면 바로 문밖과는 너무 다른 이곳의 공기 때문인지, 오랜 시간을 이곳에 머무른다. 한적한 평일에 이곳을 찾는 사람은 나와 일행 말고는 없을 거라 생각했지만, 곧 몇 명의 사람들이 문을 열고 들어온다. 생전 처음 만난 사람들이지만 그들과 우리는 가볍게 묵례를 나눴다.

그들 중 한 명의 가방에서 노란 리본이 달랑거리는 걸 가만히 바라봤다. 2014년 4월 16일 이후, 내 자전거의 안장 바로 밑에도 항상 노란 리본이 자리하게 되었다. 가방과 자전거 등 여기저기에 나누어 달린 리본과 스티커들은, 정작 내가 볼 수 없는 위치에 자리한다. 하지만 그 리본을 마주

강민영

했을 때, 잠시 스치는 몇몇 사람들의 표정을 볼 수는 있다. 그날에 멈춰버린 시간을 안고, 그 시간을 잊지 않으려 노력하는 사람들의 얼굴에 지나가는 감정, 정지된 기억과 기록을 품에 안은 채 주어진 시간을 향해 매일 나아가는 사람들. 그 사람들의 사이에 나도 오래도록 섞여서 언젠가 마주하게 되면 반갑게 묵례할 누군가를 기다린다. 우리가 함께 기억해야 할 표식은 멈추듯 흐르며 그렇게 영원히 이어질 것이다.

강민영

글 쓰고 글 엮는 사람. 제3회 자음과모음 경장편소설상을 수상하며 작품 활동을 시작했다. 영화 매거진 『cast』의 편집장을 지내고 있으며, 장편소설 『전력 질주』, 『부디, 얼지 않게끔』, 산문집 『자전거를 타면 앞으로 간다』를 썼다.

김 민 지

기
억
의
스
키
드
마
크

2023
8
16

　문제를 문제로 덮는다. 바쁘다는 핑계로 오래 붙드는 문제가 없다. 세상이 견고하지 못해서 세월을 가늠하기 어렵다. 이런 식으로 얼마나 더 갈 수 있을까.

　올해도 많은 일이 있었다. 그 일들이 불쑥 일어났다고 하기엔 막을 수 있는 순간순간이 분명하게 있었다. 그렇지만 또 바쁘다는 이유로 일을 키우고 말았다.

　2015년 봄. 어느 골목 과속 방지턱 위에 하얀 퍼즐 한 조각이 떨어져 있었다. 차가 많이 다녀 거뭇거뭇 타이어 자국이 묻은 노란 사선 위에 있던 하얀 퍼즐 한 조각. 인근 학교에 다니는 아이가 실수로 떨어뜨린 것일까. 우연이라 하기엔 너무도 절묘해 사진으로 남겨 두었다가 무료 엽서를 만들어 책 행사에 나갈 때마다 나누었다. 엽서의 제목은

'4·16 꼭 맞춰 오지 않은 봄'이었다.

2016년 봄. 검은 아스팔트 위에 떨어진 또 다른 퍼즐 한 조각을 발견했다. 파고가 높아진 바다를 닮은 짙푸른 색감이었다. 사람의 발이나 차바퀴에 맞고 굴렀는지 플라스틱으로 만들어진 퍼즐이 온통 긁혀 있었다. 그 길에서 주워온 퍼즐 한 조각을 본떠 종이를 오리고 편지를 써서 유리병에 넣었다. 책방 사장님이 한쪽 벽면을 내어주셔서 '4·16 유리병 편지'라는 이름으로 얼마간 연남동 헬로인디북스에 둘 수 있었다.

그렇게 2년을 보내고 3년째 봄부터 지금까지, 나의 기억은 세상보다 견고한지 되묻게 된다. 참사가 일어날 때마다 덜컥거리고 내려앉는 마음이 다여서는 안 된다. 냉소도 안 된다. 그럼 무엇이 되어야만 할까. 어떤 마음과 어떤 자세로 이토록 큰일들을 대해야 할지 처음엔 알지 못했다.

9년쯤 지나서야 진정 체감하게 된 건 기억력. 기억의 힘이었다. 기억을 더 좋게 하는 일상적인 행위 속에서 그간의 미흡함을 돌아보았다. 기억을 살리기에 적절한 방법이 많겠지만 경험상 세 가지가 컸다.

퍼즐, 대화, 독서.

슬프고, 답답하고, 화가 나고, 무서운 일이 일어날 때마다 주변 사람들과 나눴던 대화. 이미 나온 책의 두께를 더 두껍게 만드는 일을 하듯이, 오직 읽는 일에 진심을 다하는 것. 이 작은 최선이 반복된다면 기억은 확실히 나아지지 않을까. 반문하고 있지만 이미 그렇게 믿고 있다.

『금요일엔 돌아오렴』(416세월호참사 시민기록위원회 작가기록단 글, 창비 2015), 『엄마. 나야.』(곽수인 외 시, 난다 2015), 『우리 모두가 세월호였다』(강은교 외 시, 실천문학사 2014), 『천사들은 우리 옆집에 산다』(정혜신, 진은영 글, 창비 2015), 『눈먼 자들의 국가』(김애란 외 글, 문학동네 2014), 『바람이 되어 살아낼게』(유가영 글, 다른 2023) 등 지난 9년 동안 책장을 채우고 있던 세월호 참사 관련 기록들이 입을 모아 말해준 하나.

가만히 있으라던, 이젠 잊어도 된다고 말하던 사람들로부터 참상을 보았다. 아픔으로 배운 가치를 세상이 어떻게 홀대하는지 볼 때마다 분노가 인다. 그 아픔을 당겨 나는 얼마나 스스로 따끔한 사람이 되었나.

올해 여름 304낭독회에 두 번 다녀왔다. 직접 쓴 시와 침대맡 책장에 놓인 책 속에서 발췌한 글들을 낭독하고 돌아온 날들. 이상하게 그 두 날엔 비가 오지 않았다. 그토록 퍼붓던 비가 오지 않다니. 그 시간만큼은 별 탈 없이 기억을 나누고 가라는 맑은 계시였을까.

이제는 날씨 이야기도 쉽게 할 수 없다. 모든 게 사람 짓이다. 편리와 편의 속에서 지낸 날들에 대한 대가를 돌려받는 중이다. 모두 바라던 바는 아니었을 것이다. 자연과

김민지

맞물린 존재로 내내 합을 이루지 못하다가 최악으로 접어든 상황에 이제야 욕심을 반쯤 접어야겠다며 참회하는 기분이다.

불안과 불확실이 더해지는 날들 속에서 모두가 힘들다고 느낄 때. 또 어떤 홀대들이 세상에 난무할지 두렵다. 그 두려움에 앞서 기억의 심지를 더욱 굳건히 하는 연습을 해야겠다.

올봄까지 쓴 글들을 엮어 낸 『마음 단어 수집』(사람in 2023) 속 "알람"이라는 단어처럼. "우리를 한꺼번에 울릴 만한 일이 일어났을 때. 그 슬픔이 세상을 맑게 만들 수 있는 자양분일 때. 잊지 말고 함께 깨어"날 수 있기를.

모든 참사 희생자들과 유족들이 무감각한 이들 사이에서 쌓아 올린 안전의 참뜻을 생각하며 에두르지 않고 함께 길을 낼 수 있길 바란다.

김 민 지

당연하고 분명한 것일수록 어려워질 때까지 생각한다. 제1회 『계간 파란』 신인상에 시 「top note」 외 9편이 당선되어 작품 활동을 시작했다. 산문집 『마음 단어 수집』을 썼다.

당
신
과

나
의

달
력

　　TV 뉴스에서 전원 구조 오보를 들었을 때 나는 열여섯이었다. 학교에 있을 때 지나가듯 여객선이 침몰했다는 소식을 들었고, 집에 돌아와서는 모두가 구조되었다는 소식에 그냥 그런가 보다 생각했다. 배가 침몰하자마자 빠르게 구조대가 와서 승객 전원을 육지로 데려가는 그림이 그려졌다. 하지만 그것이 잘못된 뉴스였음을 알고 난 뒤에는 도무지 이해할 수 없었다. 침몰 뉴스를 들은 이후로 시간이 꽤 지나 있었기 때문이다. 왜 아직도 사람들이 구조되지 않았지? 모든 TV 채널에서 수면 아래로 가라앉는 뱃머리의 밑바닥이 중계되었다. 밤에는 거짓말처럼 거대한 손이 나타나 배를 번쩍 들어 올리는 꿈을 자주 꾸었다.

고등학교에 진학한 이후에도 세월호 참사에 대한 생각을 떨쳐낼 수 없었다. 미술 시간에 선생님은 4B연필로 4절지 스케치북을 채워보라 했고, 나는 침몰하는 세월호 그림을 그렸다. 4B연필로 뱃머리의 밑바닥을 그리고, 배 근처로 다가오는 선박들을 그리고, 연필 끝을 마구 문질러 명암을 입혔다. 수면 위로 거대하고 무거운 그림자가 드리워졌다.

　그림에 대해서 무어라 핀잔을 주는 사람은 없었다. 그렇다고 세월호 참사 얘기를 꺼내는 사람도 없었다. 선생님이라면 알아봐 주시지 않을까 생각했지만, 내 그림은 다른 그림들과 마찬가지로 조용히 교실 뒤편에 걸렸다. 다들 그것에 대해 말하길 꺼리는 듯했다. 그렇게 4월이 지나갔다.

　열여덟이 되던 해에는 친구의 추천으로 지역의 청소년 인권단체에서 활동을 시작했다. 평소에 사회문제를 함께 얘기하면서 학교에서 생기는 불만을 털어놓던 친구였다. 그곳에서는 혼자서 끙끙 앓던 얘기들을 들어주는 사람들이 있었고, 그 이야기들을 듣고 나면 꼭 행동으로 옮겼다.

　세월호 참사의 생존 학생과 희생자 형제자매들의 목소리를 기록한 『다시 봄이 올 거예요』(416세월호참사 작가기록단 글, 창비 2016)를 읽은 뒤 북콘서트를 기획했다. 청소년 활동가들이 주축이 되어 『다시 봄이 올 거예요』의 기록자 선생님을 만나고, 희생자의 형제자매와 직접 만나 함께 북콘서트를 준비했다.

언젠가 북콘서트 홍보 포스터를 들고 학교에 갔다. 붙이기 전에 그래도 말은 해봐야 할 것 같아서 교무실로 향했다. 학년 부장 선생님에게 북콘서트에 대해 짧게 소개하고는 포스터를 붙여도 되냐고 물었다. 나는 선생님에게서 돌아온 답변을 이해할 수 없었다. 학교에서 정치적인 행위는 할 수 없다고 말했기 때문이다. 쉽게 물러설 수 없어 몇 번이나 말이 오간 끝에, 학교의 일부 게시판에만 붙이도록 허락을 맡았다. 나는 몰래 모든 학급을 돌며 게시판에 포스터를 붙였다.

그날 야간 자율학습 시간에 『다시 봄이 올 거예요』를 읽었다. 자습실을 돌며 감독하던 교감 선생님이 내 뒤로 슬며시 다가오더니, 책을 뒤집어 표지를 보고는 인자한 미소로 말했다. 너무 한쪽으로 쏠려서는 안 된다고, 언제나 중립적이어야 한다고. 나는 그 말을 이해할 수 없었다. 교감 선생님이 멀어지는 것을 지켜보다가 다시 책을 펼쳐 읽었다.

그리고 이태원 참사 소식을 접했을 때 나는 스물넷이었다. 핼러윈을 맞아 이태원을 찾은 사람들이 길거리에서 목숨을 잃었다. 나는 당시 교환학생으로 가 있던 대만에서 친구들과 즐거운 생일 전야를 보내고 있었다. 이해할 수 없었다. 어떻게 그토록 많은 사람이 길거리에서 죽을 수 있다는 말인가. 몇 주간 마음이 무거운 채로 지냈다. 겉으로는 멀쩡해 보이나 대부분 멍하게 시간을 보냈다. 누군가와 참

최현수

사에 대해 이야기하지 않으면 미쳐버릴 것 같았다. 한국에 있는 친구와 연락하면서 이제 어떻게 살아야 할지 모르겠다고 말했다. 사는 게 아니라 살아남는 것 같다고, 하나도 변한 게 없는 것 같다고 말했다.

나는 열여섯이 떠올랐다. 그와 동시에 열일곱과 열여덟이, 더불어 열아홉과 스물이, 그에 더해 스물하나와 스물둘, 스물셋이 떠올랐다. 이해되지 않는 죽음은 매년 일어났다. 여행을 갔다가, 친구들과 놀다가, 현장에서 일하다가 죽었다. 사회적 안전망에 대한 불신의 구멍은 점점 커져만 갔고, 누군가를 추모할 권리조차 여전히 싸워 얻어내야 했다. 죽음을 쉬쉬하는 공기는 여전히 무겁게 짓눌러 왔다. 이해할 수 없는 일이 생기는 것보다도 이해되지 않은 채로 그저 시간이 흘러가 버리는 게 더 무서웠다.

그리고 스물다섯의 새해가 밝았다. 나는 매년 1월 1일마다 가족과 친구들의 생일을 달력에 표시해 둔다. 까먹지 않고 축하해 주기 위해서다. 생일을 다 적고 난 뒤에는 추모할 날들을 표시해 둔다. 잊지 않고 꼭 기억하기 위해서다. 4월 16일을 찾아 적었고, 10월 29일을 찾아 적었다. 추모할 날들은 그 외에도 많았다. 매일 추모와 축하를 하다가 1년이 다 지나가겠다는 생각이 들었다. 기억한다는 것은 이해되지 않은 채로 흘러가 버리는 시간을 붙드는 일이다. 그저 열여섯에 본 뉴스로 잊히지 않게, 스물넷에 접한 충격적인 소식으로 잊어버리지 않게. 그날에 대해 이야기하면 오래전 무겁게 내려앉던 침묵에 잔잔한 파동이 생긴다. '다 지나간 일'을 다시금 이야기한다는 건 그런 의미가 있다.

가끔 당신의 달력에는 어떤 날이 표시되어 있는지 궁금하다. 매년 돌아오는 4월 16일에 쌓인 기억과 앞으로 쌓여갈 기억들이 궁금하다. 기억에 지층이 있다면, 그래서 무지개떡처럼 그 기억을 잘라서 볼 수 있다면, 모든 층에 잊히지 않는 이름이 적혀 있으면 좋겠다.

최 현 수

이야기가 필요한 이름들을 종이와 무대 위로 호명하기 위해 읽고 쓴다. 『이중생활자』에 단편소설 「열일곱, 여름, 전쟁」을 실었다.

정 지 향

고
백
할

수

있
어
서

2023
10
16

 몇 주 전엔 동료와 함께 여의도 공원에 갔다. 9월 10일, 그러니까 세계 자살 예방의 날을 하루 앞둔 토요일이었다. 오후 내 유난하던 가을볕이 누그러질 즈음 캠페인 티셔츠를 입은 사람들이 넓게 뻗은 대로를 가로질러 공원으로 모여들었다. 동료와 나도 미리 티셔츠를 챙겨 입고 온 참이었다. 공원을 빙 둘러 무대며 후원사 부스가 설치되어 있었다. 바람에 날리는 깃발과 풍선, 페이스 페인팅을 하고 포스터 앞에서 사진을 찍는 사람들로 들뜬 기운이 맴돌았다.

 〈생명사랑 밤길걷기〉는 한국생명의전화가 주최하는 자살 예방 캠페인으로, 올해 벌써 18회를 맞는다고 했다. 여의도라면 평소에도 자주 오가는 곳이었다. 짧지 않은 시간 동안 그곳에서 일을 하기도 했다. 그런데도 만여 명이 몰리는 행사의 존재를 전혀 몰랐다는 것이 좀 놀라웠다. 이 밀도 높은 도시의 한가운데서 타인들과 얽히고 부딪히며 살아가는 것이 늘 버거웠는데, 알고 싶지 않고 보고 싶지 않은 것에 늘 노출되어 있다고 투덜댔는데, 실은 관심을 두지 않으면 지근거리에서 사람들이 모여 내는 큰 목소리도 알아채지 못한다는 사실이 새삼스러웠다.

　36.6킬로미터를 밤새 걷는 긴 코스와 7.1킬로미터를 걷는 짧은 코스가 있었다. 홈페이지의 설명에 따르면 이 행사는 한국 사회의 자살 문제를 직시하고, 자살 예방의 중요성을 알리기 위해 열린다. 자살로 떠나간 사람을 기억하고, 나와 소중한 사람을 지키는 마음을 다지며 함께 걷는 것이다. 나로서는 그런 마음을 되새기자면 7.1킬로미터보다는 더 많이 걸어야 할 것 같았는데 36.6킬로미터는 엄두가 안 났다.

　이 구체적인 숫자는 통계에 따라 매년 약간씩 달라진다. 36.6은 한국에서 하루 평균 자살하는 사람의 수, 7.1은 청소년 10만 명당 자살 사망자의 수라고 한다. 고민하는 사이 긴 코스의 참가 신청이 마감되기도 하여서, 우리는 청소년 자살 예방을 위해 7.1킬로미터를 걷기로 했다. 나와 동료는 모두 자살 유가족이면서 동시에 학생들을 가르치는 일을 오래 해왔다. 청소년 우울·자살 행동 위험군이 크게 증가한 근래의 상황에 관심도 많았다. 그러니 청소년들을 위해 걷는 것도 합당한 일인 듯 느껴졌다.

　　　　　　　　　　　　　　　　　　　정지향

예상대로 걷기는 두 시간이 채 걸리지 않아 수월히 끝났다. 노래를 부르며 걷는 대학생들도, 자꾸만 뛰쳐나가는 아이를 챙기느라 정신없는 가족들도, 휴대폰 게임을 하며 걷는 커플도 있었다. 그 사이에서 동료와 나 역시 일상적인 대화를 간간히 나누며 걸었다. 땀이 약간 날 법할 때마다 강바람이 불었다. 행사 내내 사뿐히 반복되던 '넌 소중해', '희망을 향해', '생명사랑' 같은 구호들, 그러니까 틀렸달 순 없지만 어쩐지 공허한 말들을 두고 동료와 나는 좀 투덜거리다 헤어졌다. 홈페이지에서 설명하던 것처럼 작금의 상황을 왜 조금 더 마주 볼 수는 없는지. 밝은 노래를 부르고, 포토 부스에서 포즈를 취하는 동안 어쩐지 자살이라는 문제는 더 어두운 곳으로 숨겨진 것이 아닌지 돌아오는 길이 좀 쓸쓸했다.

그러나 짧은 거리일지언정 두 다리를 움직여 걸었기 때문일까, 그 숫자들에 대한 생각은 오래 남았다. 내년에는 조금이나마 더 걷게 될 것인지, 덜 걷게 될 것인지 지켜보게 되겠지. 꾸준히 체력을 키워 긴 거리 걷기에 도전할 수 있을지도 고민해 보았다.

나는 사실 숫자에 약한 사람이다. 하루에 36.6명은 직관적이지만, 10만 명당 7.1명이라고 하면 쉽게 그 규모를 떠올리지 못한다. 이럴 때는 '10만 명' 부분은 그냥 잊어버리고 7명의 학생을 생각해 본다. 각기 다른 속도로 자라고 있었을 몸과, 서로 다른 학교 심볼의 생활복. 마라탕과 떡볶이 중에선 무엇을 골랐을지, 어떤 유튜브를 보고 무슨 노래를 들었을지, 너무 좋아해서 마지막까지 두고 가기 싫었던 것은 무엇이었을지. 남은 사람들을 위해 쓴 문장은, 쓰지 못한 문장은 무엇이었을지.

돌이켜보면 이런 상상력은 다 남들에게서 배운 것이다. 숫자에 압도되는 대신 구체적으로 살펴볼 것. 2014년 이후 9년이 흐르는 동안 어떤 사람들은 천천히 내게 이것을 가르쳐주었다. 예를 들면 참사 당일 진도로 뛰어가 물속에서 건져진 휴대폰을 곧장 약품 처리한 포렌식 전문가나—그를 통해 학생들의 마지막 메시지와 목소리가 복원되어 전해졌다—유가족들에 대한 비난 여론이 슬그머니 고개를 들 즈음 학생들의 방을 구석구석 찍어 기획 기사를 낸 젊은 기자들—캐릭터 인형이나 좋아하는 연예인의 사진, 색 바랜 베갯잇들이 놓인 방들이었다—, 생존자와 유가족의 이야기를 듣고 떠난 학생들의 이야기를 하나씩 새로 길어 올려 기록해 온 작가들에게서 말이다. 그들을 통해 불가해한 슬픔과 분노에 짓눌리지 않고 구체적으로 기억하는 법을 겨우 배워가고 있는 것이 아닌가 싶다. 그런 생각을 하면 감격스럽기도 하고 부끄럽기도 하다.

지난여름에는 304낭독회에서 처음 낭독을 했다. 짧은 시를 읽기 전, 304낭독회에 대해 가지고 있던 부채감을 고

정지향

백했다. 오래전 낭독 요청을 거절한 일에 대한 것이었다. 참사 후 그리 긴 시간이 지나지 않아 갑작스럽게 가족을 잃고 혼란 속을 허덕이고 있을 때였다. 다른 사람들 앞에 서서 참사에 대해, 혹은 내 상황에 대해 말한다는 것은 당시의 나로선 상상하기 힘든 일이었다. 어쩔 수 없었다는 것을 알면서도 그 일이 마음 한편의 그늘이 되었다. 살면서 쌓아가는 마음의 부채가 대개 덜어질 기회를 갖지 못한다는 것을 알기에, 다시 낭독 요청을 받았을 때는 일정표를 열어보지도 않고 그러겠다 했다. 이토록 오랜 시간 자리를 지켜온 당신들의 덕을 또 받고 말았다고, 아직 다 되지 않은 문장이라도 이제는 발음해 보려 한다고, 거기 서서 고백할 수 있어서 다행이었다.

정지향

2014년 문학동네 대학소설상을 수상하며 작품 활동을 시작했다.『초록 가죽소파 표류기』,『토요일의 특별활동』등을 썼다.

고 명 재

서
슴
지 말
고 기
억
해
요

2023
11
16

그러니까 시는

여기 있다

유리빌딩 그림자와

노란 타워크레인에서 추락하는 그림자 사이에

도서관에 놓인 시들어가는 스킨답서스 잎들

읽다가 덮은 책들 사이에

빛나는 기요틴처럼 닫힌 면접장 문틈에

　　―「그러니까 시는」 중에서(진은영 시, 『나는 오래된 거리처
럼 너를 사랑하고』, 문학과지성사 2022)

　　인류가 남긴 기록물들을 찬찬히 살펴보면 거기에는
'있음'에 관한 사랑이 있다. 벽화에는 거대한 향유고래가

그려져 있고 상업 도시의 석판에는 물품명이 쓰여 있고 죽간에는 아름다운 요청이 적혀 있고 책에는 고요한 시가 있다. 편지, 불경, 성경, 사전, 무늬, 항소문, 법전, 도록, 지도, 탱화, 스테인드글라스. 이 모든 것은 '존재의 기록'이다. 무언가가 살고 이루고 존재했다고 공표하는 마음의 순간들. 전공 서적에 들꽃을 몇 송이 끼워두었다. 그 책을 10년 뒤에 펼쳐보았다. 압화가 발끝에 툭툭 떨어졌다. 민들레, 제비꽃, 메리골드와 할미꽃. 10년 전의 봄이 그렇게 찾아온 것이다.

*

사랑하는 사람들을 떠나보내고 '있음'에 관해 자꾸만 말하고 싶었다. 여기 돌이 있어요. 나무가 있어요. 민들레가 있어요. 떡이 있고 꿈이 있고 당신이 있어요. 손바닥을 보자기처럼 넓게 펼쳐서 가슴을 쓸면서 말하기. 여전히 생생하게 살아 있다고. 밝음으로 당신을 꼭 써내겠다고. 나는 '있음'을 말하고 싶어서 썼다. '있었던 시간'을 드러내고 싶었다. 그리하여 허무나 허망을 넘어서는 이야기가 우리 안에 여전히 존재한다는 걸 어떻게든 말하고 싶었다. 그 얼굴, 그 모습, 절대 잊을 수 없지. 그 둘레, 그 어깨, 안아주고 싶지. 모든 글은 '있음의 역사'이며 모든 글은 '사랑의 펼쳐짐'이며 모든 글은 '존재의 증명(證明)'이다. 등불을 들고 '여기 있어요'라고 말한다. 여전히 내 안에는 그들이 있어요.

인류 최초로 기억의 기술을 고안한 사람은 그리스의 시인 시모니데스다. 그는 한 연회에 참석했다가 두 소년이 찾는다는 소식에 밖으로 나갔고, 그 직후 땅이 흔들려 저택이 무너졌을 때 홀로 목숨을 건졌다. 이미 자취를 감춘 두 소년이 그가 시에서 종종 예찬한 쌍둥이 정령임을 그는 알아보았다. 유일한 생존자가 된 시모니데스에게 파도처럼 사람들이 밀려왔다. 죽은 자의 흩어진 몸을 찾을 수 있게 도와달라고. 혹은 적어도, 그가 있었음을 확인해 달라고. 그가 있었어야만, 그를 애도할 수 있기 때문에.

무너진 저택의 폐허에 서서, 시모니데스는 죽은 자들이 있었던 자리를 손으로 가리켰다. 저기, 저 자리에 연회의 주최자가 앉아 있었고, 그 옆에는 그의 사랑하는 이가, 저기 맞은편 술잔이 깨어진 자리에는 호탕한 웃음을 웃던 이가, 뭉개진 빵 앞에서 조용했던 이가, 포크가 나뒹구는 곳에 대화를 이끌던 이가, 꽃잎 떨어진 자리에 고개 끄덕이던 이가, 저기, 저기, 있었던 이가, 있었노라고. 사람들은 그의 말에 따라 흩어진 조각들을 주워 들었고, 있었던 이가 없어진 것을 마침내 받아들이고 울었다.

—『어느 미래에 당신이 없을 것이라고』 중에서(목정원 글, 아침달 2023)

고명재

"저기, 저기, 있었던 이가, 있었노라고." 그렇게 말하는 것도 힘겹던 나날들. 우리는 그 시간을 통과해 내며 우리 안에 남겨진 조각들을 소중히 쥔다. 그러니까 시와 노래는 기억술이다. 시와 노래는 생생한 있음의 말이고 아주 작은 것들을 향한 사랑의 찬가다. 만두를 좋아했지. 미역국은 싫어했다고. 겨울이 오면 입김을 뱉으며 활짝 웃었지. 그 작은 단위의 이야기가 너를 꾸린다. 우리 안은 시간을 넘어설 힘이 있어서 가장 보고 싶은 이들이 바로 거기에 거주한다. 그러니 우리 모두가 멸하지 않는 한, 우리 안에 당신은 살아 있다. 우리가 가슴이 찢기도록 슬플 때조차 당신은 있다. 정말 깊게 사랑했기 때문에 가슴이 아프고 힘겨운 것이다.

그러니 계속해서 말하겠다. 노래하겠다. 시모니데스는 노래했다. 있음에 있음을, 연거푸 파도처럼 말하고 말했다. 이런 의미에서 사실 그는 '특정한 개인'이 아니라, '시와 기록'을 뜻하는 이름인지도 모른다. 그러니까 시모니데스는 개인이 아니라 기억하는 노래, 즉 우리의 목소리다.

*

얼마 전 이런 글을 쓴 적이 있다. 엄마 가게 옆에 있는 빵집 이야기. 우리 엄마는 수십 년 째 시장에서 반찬가게를 하고 있다. 엄마 가게 옆에는 오래된 동네 빵집이 있다. 그 빵집 아들 영수가 얼마 전 세상을 떠났다. 몇 년의 시간이 흐르고 생활은 되돌아왔다. 영수 엄마는 여전히 빵을 만들고 우리 엄마는 반찬을 만들고 있다. 그러던 어느 설 연휴에 이런 일이 있었다. 나와 동생은 엄마 가게의 '명절 전 주문'을 치러내느라 정신없이 가게 일을 도와야 했다. 밀가루며 달걀, 온갖 재료를 나르고 프라이팬에 몇백 장의 전을 구웠다. 그렇게 땀을 뻘뻘 흘리며 일을 하다가 문득 옆의 빵집의 유리문을 건너다보았다.

그때 나는 깜짝 놀라 몸이 굳었다. 영수 엄마가 새빨개진 얼굴로 울고 있었다. 밀가루를 치대며 고개를 숙인 채 몇 분이나 말도 없이 펑펑 울고 있었다. 왜 우시지. 처음에는 생각하다가 퍼뜩 그 이유를 알아차렸다. 그날 종일 나와 동생이 엄마 가게에서 일을 돕고 있는 모습을 말없이 보고 있었던 것이다. 그 순간 가슴에 촛불이 일제히 켜졌다. 내가 할 수 있는 것이 뭐가 있을까. 수백 번 생각하다 눈을 감은 채 나는 영수를 위해 오래도록 기도를 했다. 너희 엄마가 너를 정말 보고 싶어 하셔. 온 힘을 다해 꿈에서라도 찾아뵙도록 해.

우리는 언제나 불가능 앞에 내던져져 있다. 만나고 싶다고 만날 수 없고, 사랑하고 싶다고 겁 없이 사랑을 할 수는 없다. 그리고 우리에겐 조그마한 마음이 주어져 있다. 할 수 없는 것들로 가득한 세상 속에서 그 마음 하나를 쥔 채로 우리는 살아야 한다.

그해 나는, 마음을 빵집 앞에 두었다. 눈을 꼭 감고 마

고명재

음을 포개고 포갰다. 그해 추석, 나는 다시 일을 나갔다. 엄마 가게에서 밤새도록 일을 하고서 다음 날도 졸면서 포장을 하고 있을 때였다. 바로 그때, 빵집 문이 열리는 걸 봤다. 빵집 문을 열고 "어머니!" 하고 외치는 걸 봤다. 영수 엄마가 활짝 웃더니 그 앞에 섰다. 영수 친구들이 명절이라고 선물 세트를 들고 영수 엄마를 꽉 끌어안는 걸 보았다. "저희가 이제 스물세 살이에요." 활짝 웃으며, 영원히 찬란하게 젊을 것처럼, 청년들이 빵집을 꽉꽉 채웠다. 영수 아빠가 웃으며 가게 앞으로 왔다. 불가능 앞에서 우리는 기어코 시를 해낸다.

*

나는 이 이야기를 라디오를 통해 낭독의 형태로 발표한 적이 있다. 다음 날 우리 엄마는 이 녹음 파일을 들고 영수 엄마의 빵집으로 찾아갔다. 빵집 문을 열자마자 눈물이 났다고. "영수 엄마" 말하는 순간 영수 엄마도 직감적으로 울었다고 한다. 영수 이야기. 영수 이야기. 우리 영수 이야기. 영수. 영수. 내 아이. 영수 이야기. 단 한 단어로 마음은 끝까지 갈 수가 있다. 영수,라는 이름 하나가 궁극이어서 그 이름을 말할 때 우리는 시간을 넘는다.

고마워요. 고마워요. 우리 영수 이름, 기억해 줘서. 영수에 대해 이야기해 줘서 고마워요. 그리고요. 영수가 너무 너무 보고 싶어요.

영수가 너무 보고 싶을 때마다 빵집 부부는 가게를 마치고 노래방으로 간다고 한다. 거기 가면 아무 눈치도 안 보인다고 거기 가서 둘이 펑펑 울고 온다고. 아무 말도 안 하고 그렇게 앉아서 울다가 추슬러서 집에 온다고. 결코 잊지 않아요. 잊히지 않아요. 그런 영수를 기억해 줘서 너무 고맙다고. 우리 아이 이름을 이야기해 줘서 고맙다고. 그렇게 말한 날, 영수 엄마는 가게 문을 닫고 불을 끄고 가만히 빵집 안에 앉아 있었다. 그는 영수를 향해 온 마음으로 앉아 있었다.

*

목소리는 말해지자마자 흩어진다.
목소리는 있자마자 사라져버린다.

나는 시와 글이 한낱 꾸밈말이라고 생각하지 않는다.
시와 글은 목소리를 영원화하는 것이다.

시와 글은 존재하던 것을 껴안는 말이다.

*

나는 대학에서 강사로 일을 하며 지내고 있다. 어느 학기에 우리는 세월호에 관해 여전히 우리가 해야만 할 것들이 있다는 생각을 했다. 우리는 수업 시간에 초를 켜고 둘러앉아서 낭독회를 열고 함께 시와 노래를 들었다. 오늘 수업은 통째로 세월호 생각만 해요. 같이 읽고 이야기하고 기억해요. 바로 그때 한 학생이 앞으로 나와서 핸드폰을 들고 녹음한 소리를 들려주었다.

"오늘 수업 시간 직전에 저는 일찍 와서, 강의실에 가만히 앉아 있었습니다. 여러분들이 앉아서 잡담하는 소리를 녹음한 것입니다. 우리는 이렇게 살아갑니다. 이 소리와 시간은 우리들의 것입니다. 이것은 마땅하고 당연하며 우리가 가져도 되는 우리의 생생한 시간입니다. 이것은 마땅한 시간입니다. 이것은 정당하게 주어진 시간입니다. 이것은 가장 흔한 시간입니다. 이 소리와 시간을 단원고 친구들에게 꼭 들려주고 싶었습니다. 유가족분들께도 드리고 싶습니다. 같이 일상의 시간을 듣고 싶었습니다. 마땅히 누려야 할 시간을 드리고 싶었어요. 그리고 계속 우리가 같이 기억해요. 우리가 기억해야, 시간과 사건은 의미를 가져요. 마땅히 우리가 기억해요."

*

나는 시모니데스의 목소리를 상상해본다.
온 마음으로 한 사람 한 사람 짚어 말하는.

한 행 한 행 있음에 이바지해야만 한다.

어느 자리에 마땅히 누가 있었는지를.

시나 글이 그것을 말하지 않으면 우리는 없다.

여전히 보고 싶고 만나고 싶고 사랑한다.

그 강물이 결단코 마를 일은 없다.

그러면 우리와 그들은 있는 것이다.

*

글쓰기는, 구원하고 죽음을 극복하는 데 이용됩니다. 그 자신의 죽음이 아니라, 사랑하는 사람들의 죽음을 말입니다. 그들을 위해 증언하면서, 그들을 영원하게 만들면서, 그들을 비(非)기억 밖으로 끌어내면서 말입니다.
　　—『롤랑 바르트, 마지막 강의』 중에서(롤랑 바르트, 변광배 옮김, 민음사 2015)

당신을, 비기억(기억이 아닌 것)이 되도록 그대로 두지 않는 것. 결코 가만히 있지 않는 것. 글쓰기는 바로 그런 것이라고 사람들은 말한다. 나 자신의 죽음이 두려워 '영원'

을 꿈꾸는 게 아니라, "사랑하는 사람들", 바로 그들을 위해서 "영원하게 만들"려고 마음을 다하는 것.

*

시 한 줄 쓸 때도 마음을 다하겠습니다. 결코 허투루 쓰거나 다루지 않겠습니다.

*

영수를 생각하면 나는 고요해진다. 나를 키워준 사람들을 생각하면 골똘해진다. 그해 그 순간을 또렷이 기억한다. 매해 매번 4월을 기억한다. 나는 304낭독회에 참석했던 사람들의 얼굴을 기억한다. 그들이 앉은 자리를 포함하여 전부 기억한다. 나는 죽은 할머니의 오래된 습관을 기억한다. 거실에서 요를 깔고 자고는 했다. 나는 그해, 부모님들의 얼굴을 기억한다. 어머니들이, 아버지들이 어떤 표정으로 어떤 말을 했는지, 하나하나 가슴 치며 기억한다. 나는 기억할 때마다 눈을 꼭 감는다. 그게 마치 시간을 지키는 일인 것처럼.

나는 사랑한다는 말의 아름다움을 기억한다. 단풍나무의 아름다움을 넘어서는 아름다움이 있다. 나는 사랑하는 사람들이 무엇을 지키고 싶었는지 기억한다. 나는 사람들이 평생 온 힘을 다하고 다해서 누군가를 사랑한다는 걸 기억한다. 나는 작은 몸짓과 노래와 당신의 목소리를, 옥잠화나 은목서라는 꽃 이름을 기억한다. 기억의 핵심은 반복이다. 거듭되는 기억이, 기억이다. 기억할 때 우리는 개인이 아니다. 기억할 때 인간은 시간이다. 기억할 때 우리는 마음이다. 기억할 때 인간은 인간을 넘어서, 가장 보고픈 사람, 바로 그 사람이 된다. 기억할 거다. 반복할 거다. 해내고 말 거다. 온 마음을 다해서 열차나 빛처럼, 기억하여 싸늘해지지 않도록 할 거다.

2020년 조선일보 신춘문예를 통해 작품 활동을 시작했다. 생동감 있는 언어로, 사랑하는 존재와 나눈 눈부신 순간을 시로 전한다. 시집 『우리가 키스할 때 눈을 감는 건』, 산문집 『너무 보고플 땐 눈이 온다』 등을 썼다.

배 수 연

레
이
스

뜨
는

사
람
들

2023
12
16

언제까지, 언제까지
그 세계에 갇혀있을 거냐는 말을 들었다
전화기 너머로

질문일까?
아니, 그들은 내게 궁금한 것이 없다

귓속에 검은 물, 검은 물이 흐르고
입술은 길어진다 납빛이 된 부리를 벌릴 때

거울 좀 봐,
눈보라가 든 배낭을

옹기장수처럼 이고

절벽을 타는 운명, 거기 네가 있지

잠을 잘 자야 해, 어깨를 두드리며

내 발에 뒤축이 닳은 신을 신기는 사람들

운명일까?

아니, 내 운명은 거울 밖에 있다

호통과 명령 거울 비추기와 헛된 호의

고립이란 오직 그들의 세계

점을 치고 셔틀콕을 던지고 구두코를 매만지며

스시에 조심스레 간장을 찍어 먹는 세계

무엇이든 불시에 묻고 싶은 것을 묻고

보고 싶지 않은 것은 없다고 말하는 세계

네가 입을 스웨터를 풀어헤쳐

폐허 위에 덮을 거대한 레이스를 뜨는 사람들

그 사람들을 조심해

레이스 위에 활기찬 경주마를 푸는 사람들

펜스에 매달려 소리치고 셈을 하고

경주마를 가두고 조련하는 사람들

배수연

나는 전화기를 비우고

거울을 비우고

신발을 고쳐 신는다

그들이 궁금해할 때

나는 거기 없다

배 수 연

중학교에서 미술을 가르치며 시를 쓴다. 이따금 '만일 내가 우리 반 아이들과 세월호를 탔다면'이라는 가정을 하게 된다. 혼자 살았을 것 같아서, 같이 죽었을 것 같아서 눈물이 난다. 시집 『조이와의 키스』, 『가장 나다운 거짓말』, 『쥐와 굴』 등을 썼다.

지
난
하
고

찬
란
한

2024

1

16

2007년 겨울, 수학여행을 가는 배에 탄 적이 있다. 많은 시간이 흘렀는데도 몇몇 장면은 선명한 느낌으로 남아 있다. 친구들과 함께 난생처음 해외로 간다는 설렘 말고도, 배를 타고 바다를 건너는 하룻밤 동안 겹겹의 감정들이 내 안에 머물러 있었다. 친하지 않은 아이들과 한 숙소에 배정된 당혹감, 선실 여기저기를 돌아다니다 좋아하는 아이와 우연히 마주치기를 바라는 기대 같은 것들. 그날 그곳엔 내가 좋아하는 친구들과 나를 좋아해 주는 친구들이 있었고, 졸업하면 더는 마주치고 싶지 않은 아이들이 있었다. 우리를 보며 어느 도시에서 왔냐며 반갑게 묻는 어른들이 있었고, 밤새 시끄럽게 군다며 야단을 치는 어른들이 있었다. 전화 부스마다 자리를 잡고선 한참 진지한 이야기를 나

238

누는 아이들이 있었고, 그 끝에 별안간 우는 아이들이 있었다. 누군가가 길게 늘여놓은 것만 같던 밤이었다. 학생이었던 나는 지금보다 더 쉽게 낙담하고 최악의 상황을 자주 상상했지만, 적어도 이 배에서 내리지 못하게 될 수도 있다는 걱정은 하지 않았던 것 같다.

2014년 봄, 학교 기숙사 식당에서 밥을 먹다가 벽에 걸린 TV에서 뉴스를 보았다. 그해 봄, 나는 심리학을 전공하기 위해 이제 막 대학원에 입학한 학생이었다. 인간에 대해 더 깊게, 제대로 공부하고 싶다는 마음이 시작된 건 지금 생각해 보면 아주 순진한 질문에서였다. '왜 모든 인간이 행복하게 살 수는 없을까' 하는 의문. 한 개인이 불행하다고 느끼는 마음의 근원을 알아보고 싶다는 궁금증이었다. 이 정도면 괜찮다고 생각했기에 그렇지 못한 남들을 이해하고 돕고 싶다는 마음에서 비롯된 것인지, 아니면 나부터가 삶이 행복하지 못하다고 느꼈기 때문에 그 원인을 스스로 찾아보려고 한 것인지는 알 수 없다. 어디에서 생겨난 질문인지는 분명하지 않지만, 나는 그 해답을 인간 안에서 찾아보려고 했다.

다시 계절이 흐르고, 많은 것들은 잊혔다. 그렇게 학위를 받고 일을 하면서 인간에 대해, 인간의 삶에 대해, 안녕과 편안함과 괴로움과 고통에 대해 조금이라도 더 알 수 있을 것이라고 생각했다. 하지만 나는 여전히, 그 질문에 대한 답을 찾지 못했다. 그동안 수학여행을 떠났다가, 그저 길을 걷다가, 한날한시에 한 공간에 있다가 집으로 돌아오지 못하는 일이 일어나는 세상을 보았다. 배운 게 도둑질이라 여전히 인간 안에서 일어나는 일에 초점을 두려고 하지만, 어쩔 수 없이 인간 밖으로 시선을 돌리고 의문을 품게 되는 날들이 있다. 그리고 적어도 한 가지 사실을 알게 되었다. 어떤 불행의 원인은 인간이 아니라 그 밖에서 이유를 물어야 한다는 사실을.

나는 그렇게 인간의 삶을 이해해 보고 싶다는 마음을 가지고 소설을 쓰게 되었다. 왜 청소년소설을 쓰게 되었느냐는 질문을 자주 듣는다. 나에겐 얼마든지 이유를 찾을 수 있는 일이기에 여러 대답을 내놓기도 했지만, 결국엔 그 시기의 마음을 잊지 않으려고 쓴다는 생각을 하게 된다. 좋은 어른이 되는 것보다, 그전에 무사히 어른이 되는 것부터 쉽지 않은 일이라는 사실을 알게 되었기 때문에, 그 지난하면서도 찬란한 시기에 대해 쓸 수밖에 없게 되었다고.

교복 입은 학생들과 교실이 나오는 소설을 쓰는 동안에는, 그 작은 공간에 모여 웅성거리는 마음들이 들려오는 것만 같다. 그 마음들을 헤아리면서, 애들이 다 그렇지, 사춘기니까 그렇지, 쉽게 말하지 않는 어른이 되려고 다짐한다. 시간이 흐르고 그 시기가 지나면 잊기 쉽고, 잊어버리고 나면 뭉뚱그려서 가볍게 말하기 쉽다는 사실을 되새기려고 한다. 내가 2007년 겨울에 타고 있던 배 안에서 많은 것을 보고, 듣고, 느꼈듯이 2014년 봄의 그곳에도 그만큼 많은 마음들이 있었을 것이라고. 그 소중한 마음들을 하나하나 다 헤아릴 순 없어도 적어도 잊지 않으려고 한다. 비극의 희생자들이라고 뭉뚱그려 생각하지 않는 것, 무력감에 짓눌려 그 일에 대해 생각하고 말하기를 멈추지 않는 것이 내가 할 수 있는 일이라고 믿는다.

잊지 않기 위해서, 가볍게 보고 함부로 말하지 않기 위해서 선택한 방법이 결국 글쓰기라는 생각이 든다. 앞으로도 쓰는 동안 내가 되새기고 기억해야 할 것은 무엇인지, 그 다짐을 여기에 쓴다.

김 지 현

2022년 사계절문학상을 수상하며 등단했다. 장편소설 『우리의 정원』을 썼다.

김중미

2024
2
16

2016년 1월 3일 저녁, 공부방 아이들과 신년회 준비를 하는 중이었다. 그날 새벽 3시 조업을 나갔던 영욱이네 배가 밤 8시가 넘도록 돌아오지 않는다는 연락을 받았다. 영욱이 아내와 공부방 삼촌들이 연안부두로 나갔다. 해경이 선장과 선원이 없는 영욱이네 빈 배를 발견한 것은 다음 날 아침이었다.

영욱이는 초등학교 1학년 때 어부인 엄마 손을 잡고 공부방에 왔다. 영욱이의 꿈은 부모님처럼 어부가 되는 것이었다. 부모님들은 당연히 영욱이의 꿈을 무시했다. 그런데 영욱이는 대학을 졸업한 뒤, 기어코 어부가 되었다. 영욱이가 어부가 되는 걸 응원하고 지지했던 여자 친구와 결혼을 하고 아들을 낳았다. 영욱이와 영욱이 아내는 초등학교 1학년 때부터 같이 공부방에 다닌 친구였다. 공부방 아이들은 어부 삼촌을 자랑스러워했고, 우리는 영욱이 덕분에 비싼 꽃게나 삼치, 자연산 광어를 얻어먹었다.

이틀 만에 뭍으로 올라온 영욱이의 시신은 잠이 든 것 같았다. 흔들어 깨우면 눈을 떠 우리를 향해 멋쩍게 웃어줄 것 같았다. 그때, 2년 전 진도 앞바다에서 세월호 참사 희생자의 시신이 수습되어 올라올 때 유족들이 아이들이 바로 전까지 살아 있었던 것 같다고 울부짖던 장면이 떠올랐다.

'그랬겠구나, 수온이 낮은 바닷속에서 올라온 시신은 사흘, 나흘, 닷새가 지났어도 그대로였겠구나. 그걸 본 부모와 가족들은 억장이 무너졌겠구나.' 생각했다.

장례를 2주나 미뤘지만 끝내 선장과 다른 선원의 시신은 찾지 못해, 영욱이 혼자 장례를 치렀다. 영욱이 아내와 아들이 강화로 이사 온 것은 벚꽃이 흐드러지게 핀 그해 봄이었다. 정신을 차려보니 세월호 참사 2주기가 다가오고 있었다. 그 무렵 세월호 생존자와 청소년 유족들의 글 모음집 『다시 봄이 올 거예요』가 출간되었다. 책을 읽고 북콘서트장에 가서 생존자들의 이야기를 직접 들었다. 2년이 지나서야 목소리를 내는 생존자와 청소년 유족들을 보며 미안했고, 부끄러웠고, 몹시 아팠다. 벚꽃을 반길 수 없다던 세월호 유족들이 떠올랐다. 생때같은 젊은이들이 죽어가는데 도대체 무엇을 하는 것인지 무력한 나 자신에게 화가 났다. 마당만 바라보며 아무것도 하지 못하는 날들이 이어졌다. 그런 내가 이상하다고 느꼈는지 고양이 레오가 다가와 야옹거렸다. 처음에는 밥을 달라는 줄 알았는데 밥그릇을 밀어내며 계속 야옹거렸다. 물을 주어도 마찬가지였다. 화장실을 치워줘도, 놀아주어도 자기가 원하는 것이 아니라는 듯 돌아앉았다. 그러기를 되풀이하다가 레오와 눈이 마주쳤다. 레오의 눈에 걱정과 원망이 가득했다.

"레오야, 혹시 엄마가 걱정돼?"

레오가 그제야 내 발목에 몸을 비비며 가릉가릉거렸다. 며칠 동안 레오가 내게 말을 걸고 있었다는 걸 깨달았다. 미안한 마음에 레오 앞에 앉아 영욱이와 세월호 희생자 이야기를 들려주었다. 레오는 내 이야기에 귀를 기울이며 가끔 귀를 쫑긋거렸다. 다 듣고 나서는 내 무릎에 앞발을 올리더니 뺨을 핥아주었다. 레오의 위로가 고마우면서도 미안하고 부끄러웠다. 레오가 내게 말을 건네기 위해 그렇게 애쓰는 동안 나는 눈과 귀가 멀어 있었다. 그동안 레오나 다른 고양이들과 소통하기 위해 그들의 몸짓과 눈빛을 유심히 살피려고 노력해 왔지만, 고양이들이 인간과 소통하기 위해 노력한다고는 미처 생각하지 못했다. 레오와 이야기를 나누고서야 내가 오만했다는 것을 깨달았다. 그래서 바로 그날부터 『그날, 고양이가 내게로 왔다』(낮은산 2016)를 쓰기 시작했다.

『그날, 고양이가 내게로 왔다』는 길고양이의 이야기만

김중미

이 아니라 다양한 이별을 경험한 존재들의 연대에 관한 이야기다. 작품 속 주인공들은 국가와 사회적 폭력의 피해자들이다. 그 주인공들을 통해 사랑하는 존재와의 이별과 슬픔을 이야기하고 싶었다. 그 이별을 지켜보는 우리는 어떻게 그 고통과 슬픔을 기억하고 나누어야 하는지 이야기를 나누고 싶었다.

4·16 참사는 우리가 이전에 겪었던 사회적 참사를 떠올리게 했다. 대구 지하철 사고, 삼풍백화점 붕괴, 성수대교 붕괴, 씨랜드 화재 사고, 해병대 캠프 사고, 용산 참사까지. 유가족과 시민들이 외쳤던 철저한 사고 조사와 책임자 처벌은 제대로 이루어진 적이 없고, 세상은 '사건'만을 기억할 뿐 희생자와 유족들의 슬픔과 고통스러운 삶에 대해 기억하지 않았다. 늘 고통과 진실 규명은 당사자와 유가족의 몫이 되었고 우리는 국가와 사회를 끝까지 감시하지 못했다. 평범한 시민인 내게 그 참사의 책임이 없다고 말할 수 없었다. 분명한 것은 다시는 그런 사건이 일어나지 말아야 한다는 것이었다.

4·16 참사 2년 뒤 인천 남동공단의 한 전자 회사에서 화재가 일어났다. 희생자 9명 중 1명이 태어난 지 한 달밖에 안 된 아기의 엄마였다. 태어난 지 한 달밖에 안 된 아기를 두고 일하러 나왔을 엄마가 처한 현실은 어떠했을까. 상상만으로도 가슴이 먹먹했다. 얼마 후 화재 당시 스프링클러

와 경보기가 작동하지 않았고, 공장에 대한 소방 점검이 형식적이었다는 것이 밝혀졌다. 억울한 죽음은 그렇게 계속 이어지고 있었다. 아무도 책임지지 않는 죽음을 마주하면서 내가 할 수 있는 게 무엇인지 묻고 또 물었다.

2019년 『웃음을 선물할게』(창비)라는 청소년 앤솔러지의 청탁을 받고 4·16 참사와 그 화재 사건을 모티프로 단편소설을 썼다. 그리고 작가의 말에 희생자 유가족이나 피해자들에게 요구되는 '피해자다움'에 대해 썼다.

'피해자다움'이라는 말을 접한 것은 4·16 참사 이후였다. 성폭력 피해자, 사회나 국가 폭력의 피해자들에게 요구되는 '피해자다움'은 타인의 고통에 공감하지 못하는 이들의 몽니다. 세월호 유가족들이 5년을 버텨온 힘은 그와 같은 고통을 지닌 이들의 연대 덕분이었을 것이다. 함께 광화문광장을 지키고, 안산 분향소를 지키고, 도보 행진과 오체투지를 하고, 단식을 하고, 청와대 앞에서 일인 시위를 하는 동안 그들은 함께해 준 사람들 덕분에 종종 웃고 종종 슬픔을 잊었다. 그런데 그 웃음을 꼬투리 삼아 '피해자다움'을 요구하는 언론과 사람들이 있었다. 그런 비난을 들으면 내가 인간이라는 것이 부끄러워져 쥐구멍에 숨고 싶었다. 세월호 참사가 일어나고 2년 뒤 대학생이 된 세월호 생존자와 유가족을 만난 적이 있다. 세월호 참사 희생자의 형제자매로, 생존자로 만나 함께하게 된 이들은 자신들만의

김중미

공간이 생기고 나서야 비로소 웃을 수 있었다고 고백했다. 사람은 혼자서는 웃을 수 없다. 웃음은 관계 속에서 나온다. 웃음은 견고한 슬픔과 고립을 깨는 힘이다.

4·16 참사는 작가로서의 '나'만이 아니라, 평범한 시민인 '나', 세월호 세대라 하는 청년 세대의 어머니인 '나'가 반드시 기억해야 할 사건이다. 대한민국에서 살아가는 우리에게 4·16 참사는 그저 2014년 일어난 불운한 사건이 아니다. 우리는 4·16 참사가 사회에 던진 질문에 아직 답을 찾지 못했다. 그때 청소년기를 보낸 청년들은 세월호 참사의 슬픔과 분노, 트라우마와 함께 성장했다. 당연히 내 작품 속 주인공들도 마찬가지다. 그래서 단편동화 「다이너마이트」(『다이너마이트』, 김중미 외 글, 사계절 2021)에도, 빈곤과 노동 그리고 여성 3대의 이야기를 다룬 『곁에 있다는 것』(창비 2021)에도 4·16 참사가 등장한다. 성폭력 피해자의 이야기인 『너를 위한 증언』(낮은산 2022)에도, 2023년에 낸 『느티나무 수호대』(돌베개)에서도 4·16 참사가 끊임없이 등장한다. 4·16 참사를 작품 속에 억지로 꿰맞춰 넣으려는 것은 아니다. 4·16 참사는 우리의 의식과 무의식에 깊이 각인되어 있을 뿐 아니라 모든 이들의 일상에 스며들어 있다. 그 시대를 말하는 창작 작품 속에 4·16 참사가 드러나지 않을 수 없다.

4·16 참사 이후 공동체 식구들은 2014년 내내 주말마다 시청광장, 청계천, 광화문으로 나가 유가족들의 진상규명 외침에 목소리를 더했다. 그 큰 배가 왜 침몰했는지, 300명이 넘는 사람들이 왜 구조되지 않았는지를 밝히지 못하는 무능한 국가의 무기력한 국민으로 사는 것이 고통스러웠다. 유족들과 희생자 또래의 청소년들을 보는 것이 부끄럽고 미안했다.

　세월호 참사가 일어나던 해만 해도 경주 마우나 리조트 붕괴로 대학생 10명이 죽고 100명이 넘게 다쳤다. 그뿐 아니라 고양 터미널 화재, 장성 요양원 화재, 판교 테크노밸리 축제 환풍구 붕괴 사고, 오룡호 침몰 사건이 일어났다.

　2014년 이후에도 메르스 사태, 팬데믹, 2021년 광주 학동 재개발건물 붕괴, 2022년 광주 아이파크 붕괴가 이어졌고 이태원 참사 같은 어이없는 사건들이 멈추지 않았다. 그 참사들로 가까운 지인을 잃은 것도 아닌데 가시를 삼킨 것 같은 고통이 이어졌고, 모든 날이 살얼음을 디디는 것과 같았다.

　해마다 일터에서 2000명의 노동자들이 떨어지고, 깔리고 불에 타 죽는다. 청년, 청소년의 사망 원인 중 절반이 자살이다. 내가 사는 세상은 생명이 존중되고, 어떠한 상황에서든 국가와 이웃의 도움을 받을 수 있는 곳이라는 믿음이 사라진 채로 사는 것은 사공 없는 배를 탄 것처럼 불안하다. 그 불안을 이겨내려면, 내가 억울한 사고나 사건의 희생자가 되지 않으려면, 어쩌다 우연히 살아남은 우리가 목소리를 보태고 손을 잡아야만 한다. 우리가 잊지 않고 기억해야만 또 다른 4·16을 막을 수 있다. 어쩌다 어쭙잖은 작가로 살아가게 된 내가 작품 속에서 4·16을 말하고, 불러오는 이유다.

김 중 미

1997년부터 인천 만석동에 '기찻길옆공부방'을 열고 지역 운동을 해왔다. 지금은 강화로 터전을 옮겨 농촌공동체를 꾸려 가며 '기찻길옆작은학교'의 큰이모로 살고 있다. 『괭이부리말 아이들』, 『꽃섬 고양이』, 『그날, 고양이가 내게로 왔다』, 『곁에 있다는 것』, 『느티나무 수호대』 등을 썼다.

어쩌면 나는 인생 최초의 도둑질을 하게 될지도 몰랐다. 그 집 담장을 지날 때면 늘 그랬듯 심장이 쿵쾅거렸다. 손이 간질간질한 느낌이 들었다. 나는 주위를 살폈다. 골목에는 사람이 없는데… 집 안에는? 담장 너머로 귀를 기울여도 아무 소리가 안 났다. 어쨌거나 시간이 많지 않다는 건 알았다. 나는 용기를 내서 담장 쪽으로 손을 뻗었다. 그런데 닿지 않았다. 힘껏 뛰어보았지만 겨우 손이 닿을 뿐, 큰맘을 먹은 게 무색하게 성과가 없었다. 개나리를 꺾는 건 생각보다 어려웠다.

개나리는 내가 제일 좋아하는 꽃이었다. 누가 뭐래도 이제는 봄이 왔다고 말해주는 꽃이기 때문이었다. 새 학년이 시작되는 3월이 되면 나는 마치 봄이 온 것처럼 들뜨곤 했다. 새 학년과 새봄은 당연히 같이 온다고 생각했다. 햇볕이 따뜻해졌으니 두껍고 못생긴 겨울옷은 안 입어도 될 것 같았다. 하지만 실제 날씨는 그렇지 않았다. 학교 가는 길은 여전히 추웠고, 학교도 그랬다. 심지어 교실 안은 겨울방학 직전보다 춥게 느껴지기도 했다. 새 교실, 새 선생님, 새 친구들. 3월 초의 날들은 긴장의 연속이었다. 하지만 왠지 3월에는 '봄'이 어울리니까, 나는 아마 봄을 상상했던 것 같다. 마음과 달리 날씨가 추워서 어쩌면 더 춥게 느껴지기도 했을 것이다.

그럴 때 등굣길에 개나리를 보면 얼마나 안심이 되었는지 모른다. 개나리는 이름도 귀엽고 색깔도 예쁘다. 별처럼 생긴 꽃송이 하나하나도 사랑스러운데, 그런 꽃이 우르르 쏟아지듯 한꺼번에 피어난다. 무엇보다 내가 제일 좋아하는 색, 노란색이다. 병아리의 색, 유치원 옷의 색, 따뜻하고 환한 노란색. 미술 시간에 도화지에 밑그림을 그릴 때 쓰는 크레파스도 노란색이다. 제일 자주 쓰기 때문에 제일 빨리 닳던 색, 아껴 쓰던 색. 그에 비해 개나리는 다른 꽃들보다 일찍 피고, 오래 피어 있다. 질리도록 볼 수 있다. 질 때도 연둣빛 잎사귀가 그 자리를 대신해서 그리 서운하지 않았다. 한 주만 지나도 흔하디흔한 봄꽃이지만, 눈길을 사로잡는 건 역시 맨 먼저 피는 꽃이었다. 그래서 그 담장의 개나리를 꺾으려던 것이다.

꽃을 꺾으면 안 된다. 그것도 남의 집 꽃을 꺾으면 더 안 된다. 고지식할 만큼 어른 말씀을 잘 듣는 내가 그걸 잊었을 리 없다. 꺾은 꽃을 둘 데도 없었다. 그럼에도 불구하고 내가 꽃을 꺾으려고 무리한 건, 어디선가 개나리의 놀라운 능력에 대해 들었기 때문이다. 바로 가지를 꺾어서 땅에 심기만 해도 개나리 나무가 된다는 것이었다.

처음엔 무슨 전설이나 마법 이야기가 아닌가 했다. 씨앗을 심지 않고도 식물을 키울 수 있다니, 그럴 리가! 한참이 지난 뒤에야 그런 게 '꺾꽂이'라는 번식 방법이라는 걸 알았다. 어쨌든 당시에는 한번 시도라도 해보고 싶은 마음이 열렬했다. 마당은 없지만 집 근처 어딘가에 개나리를 꽂을 만한 구석은 찾을 수 있을 것 같았다. 정말로 개나리가 무성해지면, 다시 꺾어서 다른 구석에 심으리라. 그리고 또 심으리라. 생각만으로도 마음이 풍선처럼 부풀어 올랐다. 물론 그 풍선도 노란색이었다.

비록 그 계획은 실패했지만 지금도 3월이 되면 개나리가 피기를 기다린다. 개나리가 핀 것을 봐야 안심이 된다. 지금도 동네 어디에서 첫 번째 개나리가 피는지 알고 있다. 안타깝다고 해야 할지 다행이라고 해야 할지, 어른이 된 내

김소영

손에도 닿지 않을 높은 자리다. 개와 산책할 때 일부러 그쪽으로 걸으며 자꾸 올려다본다. 꽃이 피기 시작한 날 말고, 흐드러지게 핀 날 사진을 찍는다. 개나리는 무더기로 있을 때 훨씬 예쁘다.

어떤 때는 마음으로 개나리를 꺾어 집에 가져온다. 아파트 화단에 심고 가꾸면 어떨까. 어린 시절 꿈처럼 노란색으로 뒤덮인 정원을 갖게 될까. 봄에는 눈부시고 여름에는 푸르른 울타리를 갖게 될까. 그렇게 작고 귀여운 꽃이 어떻게 봄을 가져오는 것일까. 개나리가 핀다고 해서 날이 따뜻한 건 아니다. 그러나 개나리가 피면 봄이 온다. 그건 틀림없다. 겨울 끝 새봄 전 여전히 춥고 쓸쓸한 날에, 봄을 기다리는 만큼 찬 바람이 더 매정하게 느껴지는 날에 개나리가 핀다. 주위가 아름답고 사람들이 사진을 찍는 봄이, 아이들이 여행을 떠나는 봄이, 그다음에 온다.

세월호 이후 나는 개나리를 볼 때마다 그걸 세월호의 사람들에게 준다. 노란색 리본을 단 사람들에게도 준다. 그러니 누군가의 담장에는 개나리가 심어지기도 할 것이다. 세월호 참사의 진실이 밝혀지고, 더 많은 애도와 위로가 우리 사이를 오가고, 시간이 그렇게 제대로 흘러가면 그사이 개나리가 온 땅을 뒤덮겠지. 개나리가 흔하디흔한 꽃으로 무심히 피었다가 질 때, 그러니까 노란 꽃을 마음 놓고 좋

아할 수 있게 될 때 나의 봄도 시작될 것 같다. 이제 금방 개
나리가 피겠지. 모두의 손이 닿는 곳에 피었으면 좋겠다.

김소영

작가. 『어린이라는 세계』, 『말하기 독서법』, 『어린이책 읽는 법』을 썼다.

5부

정보라 　　　　　　　　　나
　　　　　　　　　　　　의
　　　　　　　　　　　　세
　　　　　　　　　　　　월
　　　　　　　　　　　　호

2024
4
16

　　1월 18일에 세월호를 보러 목포신항에 다녀왔다. 2017년에 인양한 때부터 매년 한두 번씩 단체 참관이나 4·16세월호 참사가족협의회 행진에 참여했다. 목포신항만 앞 일반 시민들을 위한 임시 건물에서 지역 시민단체 참가자들과 함께 참관 안내도 하고 리본도 만들었다. 2019년까지 3년 동안 그렇게 열심히 갔는데, 팬데믹이 시작되면서 포기해야 했다. 그리고 다시 여행을 할 수 있게 된 2022년에는 갑자기 부커상 국제 부문 최종 후보에 오르고 2023년에 전미도서상 후보가 되면서 정신없는 시간들을 보내느라 어영부영하는 사이에 2년이 또 그냥 흘러버렸다. 그사이에 세월호의 모습은 유가족 부모님들 SNS에서나 가끔씩 보았다.

　　나와 남편이 목포신항에 도착한 날 비가 오고 바람이

불었다. 미수습자 다섯 분의 사진을 모셔놓은 단 위에 빗방울이 떨어져 추모객들이 두고 간 음료수와 간식이 빗물에 흠뻑 젖었다. 신항만을 둘러싼 철망에 달린 수많은 노란리본은 색이 바랜 채 바람에 휘날렸다. 나는 그 노란 리본을 하나씩 묶던 날을 생각했다. 추모객과 세월호 유가족분들과 지역 시민단체분들로 북적이던 몇 년 전의 여름날과 달리 임시 건물은 두 채 다 잠겨 있고 주변에는 인적이 없었다. 4년 만에 본 세월호는 멀리서도 알아볼 수 있었다. 신분증을 제출하고 들어가서 보니 윗 갑판에 초록색 부착물을 덧대어 약간 달라진 모습이었다.

미수습자 수색이 최종 종료되던 날, 현철이 아버님이 "미수습자 다섯 명을 잊지 말아달라"고 오열하시던 모습을 생각했다. 나는 그날 수업이 있어서 직접 찾아뵙지 못하고 유튜브 화면으로만 보았다.

나는 잊지 않는다. 2학년 6반 남현철, 2학년 6반 박영인, 양승진 선생님, 권혁규 어린이, 혁규 아버님 권재근 님.

2016년 8월 기억교실을 옮기던 날 말이 좋아서 '옮긴다'고 하지만 사실은 학교에서 쫓겨나던 날, 텅 비어버린 6반 교실에 덩그러니 남아 있던 현철이와 영인이 책상을 떠올렸다. 5반 중식이 어머님이 직장에 계시다가 뒤늦게 달려와 유품 상자를 끌어안고 "중식아! 중식아!" 하고 오열하시던 목소리가 복도와 계단에 울려 퍼지던 것을 생각했다. 8반 봉석이 형님이 동생 책상을 직접 옮기려고 오셨는데 사진 속 봉석이 얼굴하고 너무 똑같아서 숨이 턱 막힐 정도로 깜짝 놀랐다. 2반 온유 책상을 옮기고 4반 요한이 책상을 옮겼다. 학교도 교육청도 아이들의 유품과 책상을 그저 교실에서 내쫓을 궁리만 했고 교육지원청 창고에는 제대로 유품과 책상을 맞이할 준비가 전혀 되어 있지 않았다. 무진동으로 유품이 상하지 않게 '특수 이사'를 한다는 트럭 옆면에 노란 리본도 없이 업체 이름만 커다랗게 찍혀 있었다. 교육청과 학교가 시켜서 간 수학여행에서 죽은 학생들, 통신사와 학교가 퍼뜨린 '전원 구조' 가짜 뉴스에 전 국민과 함께 속은 유가족들에 대한 배려는 전혀 없었다. 나는 유품과 책상을 창고에 놓고 돌아오면서 아이들을 다시 한번 춥고 지저분한 곳에 가두고 버리고 도망치는 것 같아서 발길이 떨어지지 않았다.

2014년 추석날 국회 본청에서 농성장을 지키던 민석이 아버지는 아무도 들어주지 않던 참혹한 이야기들을 쏟아냈다. 깨우면 일어날 것처럼 보얗고 깨끗하던 아이들. 그런데 손톱이 전부 다 부러지고 깨졌더라고 했다. 배에서 탈출하려고, 문을 열려고. 그런 아이들을 제대로 된 시신 안치소도 아니고 그냥 고무판 위에 죽 눕혀 놓았더라고. 민석이 시신을 보자마자 기절하신 이야기.

2014년 여름에 광화문 농성장은 석쇠에 굽는 듯 뜨겁거나 아니면 비가 왔다. 유가족 부모님들이 노란 바람개비 날개마다 아이들 이름을 적어서 광화문광장 화단에 꽂아

정보라

두었다. 비가 오면 바람개비는 바람이 아니라 빗물을 맞으며 돌았다. 아이들이 추운 물속에서 그렇게 갔는데 아이들이름이 적힌 바람개비까지 비에 얻어맞으며 속절없이 젖는게 너무 속상했다. 그러나 비가 오면 서명대는 바빠졌다. 서명 하나하나가 소중했고, 서명지가 비를 맞아 글씨를 알아볼 수 없게 되면 낭패였다. 금속노조에서 서명대 파라솔을 마련해 준 것은 나중의 일이었다. 농성장이 처음 생겼을 때는 땡볕이면 땡볕을 맞고 비가 오면 알아서 요령껏 비를 가리며 서명을 받았다. 유가족 아버님들이 단식하며 천천히 죽어가는 서명대 뒤편은 너무 참담해서 돌아볼 엄두조차 나지 않았다.

세월호 거치 장소로 들어가는 입구, 신분증을 제출하는 검문소 맞은편에 희생자 304분의 사진이 있다. 아이들얼굴이 한꺼번에 눈에 들어오자 그렇게 반가울 수가 없었다. 지성이, 수연이, 해화, 예은이, 건우….

물론 나는 아이들을 모른다. 내가 아는 건 유가족분들, 부모님들이다. 나는 자식 잃은 부모님들과 같이 행진하고같이 눈과 비와 땡볕을 맞고 같이 경찰에 둘러싸였다. 국회에서 탄핵 의결되던 날, 국회 앞에 말 그대로 '구름같이' 모여든 군중 속에 세월호 유가족들도 함께 서서 "이겼다!"를외쳤다. 그러나 우리는 이기지 못했다. 미수습자 다섯 분은아직도 돌아오지 않았고 세월호 참사의 진실은 여전히 밝혀지지 않았고 추모공원은 첫 삽도 뜨지 못한 채 "납골당

반대"한다는 무리의 욕설과 악다구니만 쌓여가고 있다.

남의 일이란, 예를 들면 남의 아파트 엘리베이터가 고장나는 그런 게 남의 일이다. '전원 구조'했다고 거짓말하더니 이후 며칠 동안 수백 명이 물지옥에 갇힌 채 죽어가는 모습을 전 국민에게 생중계하는 걸 내 눈으로 목도했으면 그건 더 이상 남의 일이 아니다. 세월호 10년은 내 인생의 10년이기도 하다. 왜냐하면 나는 원하든 원치 않든 그 실시간 생중계의 증인이기 때문이다. 기울어버린 배를 속절없이 바라보면서 화면 안으로 손을 뻗어 한 명이라도 구해내고 싶었던 그 수많은 시청자들 중 하나였다.

그러니까 나는 계속 물을 것이다. 왜 침몰했는지. 왜 구조하지 않았는지. 왜 유가족을 사찰하고 왜 정당하게 의문을 제기하는 사람들을 그렇게 탄압했는지. 왜 국화꽃 들고 추모하려는 사람들에게 물대포를 쏘았는지.

성역 없이 진실 규명하고, 책임자 처벌하고, 추모할 권리를 보장하라.

투쟁.

정 보 라

어둡고 마술적인 이야기, 불의하고 폭력적인 세상에 맞서 생존을 위해 싸우는 여자들의 이야기를 사랑한다. 「머리」로 연세문학상을, 「호狐」로 디지털문학상 모바일 부문 우수상을, 「씨앗」으로 제1회 SF어워드 단편 부문 우수상을 받았다. 『저주토끼』로 2022년 부커상 국제 부문 최종 후보에 올랐고, 한국 최초로 전미도서상 번역문학 부문 최종 후보에도 이름을 올렸다.

　나의 동지이자 친구랑 여행을 가기로 했다. 한 단체에서 주관하는 베트남·캄보디아 문학기행 안내를 보고 호기심이 일던 차에 친구에게 제안했다. 우리의 첫 해외 나들이로 의미 있을 것 같은데 여기 갈까? 친구는 여정에 있는 '앙코르와트'에 꼭 가보고 싶었다며 흔쾌히 응했다. 네가 가면 나도 갈게. 그리고 며칠 후 연락이 왔다. "일정표를 자세히 보니까 문학 관련 행사가 많네. 나 같은 비문학인은 재미가 덜할 것 같아. 그에 비하면 참가비가 비싼 편인데 이 정도 돈을 들일 거면 나중에 우리 둘이 가는 게 낫지 않겠니?"

　실은 여행 경비는 내게도 떨쳐지지 않는 고민거리였다. 돈과 시간이 늘 모자란 현대인에게 '가성비'는 선택의 핵심 요소다. 나 역시 여행처럼 목돈이 나가는 일엔 요리조리 셈해보게 되는데, 이번엔 그냥 복잡하게 생각하지 않기로 했다. 돈에 앞서는 기준, 나중은 없다는 절실함 때문이다.

그즈음 나는 영화 〈너와 나〉를 본 여운에 휩싸여서 내내 약간은 울먹이는 마음으로 지냈다. 아마 그 영화를 보지 않았다면 친구와 같이 여행을 갈 마음을 먹지 않았을지도 모르겠다. 〈너와 나〉는 수학여행을 떠나기 전날, 서로 전하고 싶은 말을 담은 채 하루를 보내는 고등학생 세미와 하은의 이야기를 그린 영화다. 맞다. 슬픔의 대명사가 된 그 수학여행이다. 시간적 배경은 2014년 4월 15일, 공간적 배경은 안산. 정보를 거의 모르고 봤다가 나는 속수무책 그날로 돌아갔다.

세월호 10년, 그동안 세월호를 다룬 책과 영화가 여러 편 나왔다. 영화 〈생일〉부터 〈장기자랑〉까지, 유가족 인터뷰집 『금요일엔 돌아오렴』부터 생존 학생이 쓴 『바람이 되어 살아낼게』까지. 나는 작품이 나올 때마다 빠짐없이 챙겨 보는 것으로 일상의 애도를 이어갔고 질문을 붙들었다. 무고한 아이들이 왜 죽어야 했는가. 참사가 다시는 일어나지 않으려면 어떻게 해야 하는가. 〈너와 나〉는 다른 작품과 결이 좀 달랐다. '세월호 영화'가 아닌 '사랑 영화'인데 주인공이 세월호 아이들이었다. 그래서 다른 물음이 솟구쳤다. 왜 죽었는가가 아니라 대체 누가 죽었는가로.

내 머릿속 세월호 아이들의 존재에 비로소 생기가 돌

은유

았다. 누군가의 자식이고 자매나 형제, 친구, 단원고 학생, 희생자라고 막연히 생각했던 그들은 사랑에 애태우고 눈물 짓고 노래하고 포옹하는 열일곱 살 사랑의 주체이기도 했던 것이다. 왜 아니겠는가. '희생자'는 단지 희생자가 아니라 사람이거늘. 여지껏 생각해 보지 못한 관점이다. 304명의 죽음은 304가지 사랑의 소멸이라는 것. 304개의 전구가 꺼진 만큼 세상은 어두워졌겠고 304개의 사랑 이야기가 중단된 만큼 인간 정신은 쪼그라들었다. 이게 얼마나 큰 손실인가. 한 편의 영화는 그렇게 세월호를 통해 우리 공동체가 잃은 것이 무엇인지를 아주 귀한 사물을 다루듯 일렁이는 빛으로 감싼 채 보여주면서 나를 사랑 앞에 데려다 놓았다.

〈너와 나〉를 만든 조현철 감독은 한 매체와의 인터뷰에서 죽음을 앞둔 사랑 이야기를 그리려고 했다고 말했다. 그런데 그게 꼭 남녀 간의 사랑 이야기일 필요가 있을까 싶었고, 영화에서 하은과 세미의 사랑은 자연스러운 발상이었다고, 우리 일상 어디에나 있고 존재하는 어떤 사랑의 방식이라고 생각했다고 말했다.

나는 고개를 끄덕였다. 사랑과 죽음의 공통점일 것이다. 일상 어디에나 있고 어떤 방식으로도 존재하는 것. 어디에나 있기 때문에 보려고 하지 않으면 안 보인다는 사실까지도 닮았다. 영화에도 죽음에 관한 메타포가 생활 동선 안에서 여러 차례 반복된다. 세미의 발치에 새의 죽음이 걸리고, 장례 화환의 행렬이 들뜬 아이들의 등 뒤로 지나간다. 나는 극장에 앉아 스크린으로 꼼짝없이 직면했다. 삶의 배경화면으로 이미 거기 와 있는 죽음과, 죽기 전까지 우리가 경험하는 소소한 일들과 일렁이는 감정의 귀중함을 말이다.

그날 나는 망설이는 친구에게 간절함 한 스푼 얹어 말하고 있었다. "다음에 가면 좋겠지만 우리가 나중에 아플 수도 있고 또 싸울 수도 있어. 다 변하더라. 영원할 것 같은 관계도 틀어지고 가까웠던 친구랑도 멀어지고, 멀쩡했던 사람도 병에 걸리고. 같이 여행을 가도 좋을 우정, 건강, 시간, 마음, 여윳돈… 이런 조건이 너와 나 동시에 맞아떨어지는 게 언제나 가능한 건 아니지 않을까. 거기다가 가성비까지 완벽한 여행의 기회는 영영 없을지도 몰라. 완벽한 삶이 없듯이."

친구는 설득됐다며 팔랑귀라서 미안하다고 말하곤 웃었다. 나는 나의 진심을 받아준 친구가 고마웠다. 돌이켜보면 시대의 아픔은 한 세대를 성장시킨다. 고통이 인간을 생각하는 존재로 만들어주는 이치일 거다. 군부독재를 거치며 민주주의를 배우고 아우슈비츠를 통해 인간의 이성이란 무엇인가를 질문한다. 세월호 참사도 내게 커다란 배움과 각성을 안겨주었다. 사회에 큰 구멍을 만든 기성세대로서의 면목 없음, 안전하지 못한 사회에서 들리는 비명을 수신하는 일의 중요함, 유가족의 말씀대로 내 자식만 위해서

은유

는 내 자식을 위할 수 없다는 깨달음 같은 것들. 남이 불행한데 내가 행복할 수 없다는 사회의 구성원으로서의 자의식에 눈뜬 것도 세월호 덕분이다.

그래서 관용구처럼 '잊지 않겠습니다'라는 말을 반복했다. 그런데 무엇을 잊지 않아야 하는지에 대해서는 모호했던 것 같다. 세월호 참사 10주기가 되어가는 동안 나는 죽음과 더 가까운 나이에 이르렀고 그러면서 조금씩 선명해짐을 느낀다. 무엇을 잊지 않고자 노력해야 하는지. 그건 아이들의 죽음이 아니라 아이들의 사랑이다. 살고자 했던 삶이다. 세미와 하은이 했고, 하고자 했던 사랑을 잊지 않고 싶다. '사랑이 안전한 세상'을 만들어야겠구나 다짐한다.

영화에서 세미는 주어진 마지막 하루를 뜻깊게 보낸다. "오늘은 너에게 꼭 하고 싶은 말이 있는데"라며 다가가고 고백하는 일로 하루를 온전히 다 쓴다. 이 설정은 무척 아프지만 다행이고 아름답게 느껴졌다. 닮고 싶은 삶이다. 그래서 세미가 앵무새에게 "사랑해"라는 말을 연습시키듯이 나도 나를 길들이고 있다.

어떤 결정을 내릴 때 삶의 유한성을 우선 고려하기. 이것이 생의 마지막 일이 되어도 좋은가. 그럴 만하다면 실체도 없는 다음으로 미루지 말기. 세상이 주입하는 효율과 계산의 잣대에 휘둘리지 않기. 먼저 손 내밀기. 진심을 전달하기 위해 한 번 더 시도하기. 사랑이 안전한 세상을 위해 같이 싸울 친구를 곁에 두기. 침투하고 침투되기를 두려워하지 않기. 그리하여 내 삶의 최후가 사랑의 일이면 좋겠다. 세월호 아이들의 사랑의 역사를 이어 쓸 수 있도록.

은유

작가. 책과 사람이 있는 현장에서 글쓰기를 배웠다. 『해방의 밤』, 『은유의 글쓰기 상담소』, 『글쓰기의 최전선』, 『있지만 없는 아이들』, 『알지 못하는 아이의 죽음』, 『쓰기의 말들』 등을 썼다. '메타포라', '감응의 글쓰기' 등 글쓰기 수업을 진행하고 있다.

천선란

뼈
에

새
겨
지
는

2024
6
16

　도시 구석구석 들떠 있던 크리스마스 연휴가 한차례 지나고, 새해만을 남겨둔 연말이었어. 나는 가족과의 송년회를 위해 강동구에서 일을 끝내고 인천으로 넘어가기 위해 7호선을 탔어. 60분이라는, 길고도 아득한 시간을 견디며 책도 읽고 잠깐 졸기도 하고 핸드폰도 보고 있던 그때 보라매역에서 전철이 멈추더라. 처음에는 앞차와의 간격을 유지하기 위해 잠시 정차한다는 방송이 나왔고, 두 번째는 차에 시동이 걸리지 않으니 잠시 기다리라는 말이었어. 운 좋게 문 열린 전철에 뛰어 들어오는 탑승객과 대수롭지 않게 전철이 출발하길 기다리는 사람들 속에서 한 학생과 눈이 마주쳤어. 학생이 유독 나를 자세히 바라보더라고. 처음에는 '나를 알아보나?' 하는 낯부끄러운 생각도 했는데 머지않아 시선의 끝이 내 왼팔이 새겨진 타투에 머물고 있다는 걸 깨달았지, 뭐야.

그 학생의 표정이 낯설지 않았어. 중고등학교 강연을 가면 아이들이 으레 그런 눈으로 나를 봐. 그리고 꾹 참았다가 질문 시간에 손을 들어. "타투에 대해 물어봐도 돼요?"라고 조심스럽게 물으면 나는 그렇게 하라고 하지. 그럼 그때부터 "엄마를 어떻게 설득했어요?" "안 아파요?" "지우고 싶으면 어떡해요?" "뜻이 뭐예요?" 봇물 터지듯 쏟아지는 질문들은 학교에서 들을 수도, 배울 수도 없는 분야에 대한 학구열로 가득 차 있어. 선생님들은 그럴 때마다 민망해하며 책과 관련된 질문을 하라고 하지만 나는 언제나 성심성의껏 대답해.

"타투는 말이에요, 허락받아서 하는 게 아니에요. 해놓고 들키는 겁니다. 요즘은 타투도 지우기가 가능해요. 하지만 할 때보다 10배는 아프다고 해요. 오래 걸리고요. 그러니 타투를 할 때는 신중하게, 평생 내 몸에 어떤 흔적이 남아 있어도 되는지를 충분히 생각해 봐야 해요. 그러니 섣부르게 하지 말고요. 온전하게 나인 것이 생겼을 때 하세요. 타투는, 내가 죽은 후에 내 삶을 말해주는 지침서가 될 테니까요."

내가 쓴 「뼈의 기록」이란 단편에 장의사 안드로이드 로봇 '로비스'가 나와. 소설에서 로비스는 고독사한 노인 박도해를 만나. 그의 등에 남은 문신. 살아가는 동안 끊임

천선란

없이 탈각되는 피부를 두고도 절대 지워지지 않는, 세포에서 세포로 인도되는 검은 잉크의 흔적을 말이야. 로비스는 그 문신을 보며 박도해의 삶을 헤아려봐. 아주 강한 자극은 뼈에도 새겨질 거라 생각하면서.

내 앞에 앉은 학생에게 그 이야기를 해주고 싶었어. 꼭 그걸 묻는 것 같았거든. 그때 전철 안내방송에서는 조금 더 기다려 달라는 안내가 나왔고, 아주 잠깐 전기가 나가며 불이 꺼졌어. 그 칸에 있던 사람 중 가장 먼저 일어난 건 그 학생이었고, 나는 두 번째였어. 방송에서는 여전히 반복해 말했어.

"열차 수리 중입니다. 잠시만 기다려주십시오."

그렇게 떠들었지만 우리 두 사람은 더 기다리지 않았어. 기다리라는 말은 이제 나에게 당장 그곳을 벗어나라는 말처럼 들려. 그 말은 그러니까 뼈에 새겨진 타투 같은 거야. 수정하고 싶어도 수정되지 않는 것, 내 몸의 일부가 되어버린 것, 강렬하게 박혀 뼈에도 새겨진 것.

나는 그 학생의 뒤를 따라 지상으로 가는 계단을 밟으며 그 봄으로부터 올해 연말까지 이어져온 바람을 생각했고, 내게도 무뎌졌다고 생각했던 기억들이 이렇게 불현듯 제 존재를 나타낸다는 사실을 깨달았어. 한편으로 그 학생이 더 기다리지 않고 바로 전철을 내렸다는 사실에 안도했어. 그리고 내가 개찰구를 나와 잠시 방황하는 사이, 곧이어 다른 승객들이 몰려 올라오는 것을 봤어. 다행이었어.

움푹 파인 시절에 발이 걸려 넘어진 뒤에 우리에게도 상처가 남았구나. 그것이 문신처럼, 어떤 방식으로든 몸에 남았구나.

노력하면 지울 수도 있어. 그렇지만 새길 때보다 10배는 아플 거고 오래 걸릴 거야. 완전히 지워지지도 않아. 눈에 보이지 않을 뿐 그건 뼈에 새겨져 있거든. 그것이 이 시대를 설명할 거야. 우리가 죽은 뒤에도 우리에게 남아 있을 테니까.

천 선 란

더 넓은 세상을 꿈꾸며 소설을 쓰고 있다. 제4회 한국과학문학상 장편 대상을 받았고, 『이 끼 숲』, 『랑과 나의 사막』, 『노 랜 드』, 『나 인』, 『천 개의 파랑』, 『어 떤 물질의 사랑』 등을 썼 다.

이희영

2024

7

16

언제부터

안산행 버스에 올랐다. 터미널에 내려 택시를 탔다. 목적지를 말하자 기사님이 룸미러를 흘낏거렸다. 그러고는 아무 대답 없이 차를 출발시켰다.

차창 밖의 풍경이 눈에 들어오지 않았다. 계절도 색도 느껴지지 않았다. 택시에서 내릴 때 감사 인사조차 하지 않았다. 아니, 할 수 없었다. 기사님도 올 때처럼 조용히 출발했다.

안으로 들어서자 제일 먼저 보인 건, 스크린 속 사진들이었다. 교복을 입은 채 다소 어색한 미소로 카메라를 응시하는 눈빛들. 분명 학생증에 사용된 사진들이었으리라. 그런데 왜 저곳에 있을까? 왜 저런 곳에 아이들의 사진이 걸려 있을까? 묻고 싶지만 대답해 줄 사람도, 목소리도 없었다.

하얀 국화 한 송이를 내려놓고 멍하니 서 있었다. 눈물을 닦는 사람들, 숨죽인 흐느낌, 깊은 탄식이 한 덩어리가 되어 주위에 힘겹게 떠다녔다. 밖으로 나오자 사람들이 메모지에 무언가를 적어 벽에 붙였다. 미안하다. 미안하다. 그리고 또 미안하다. 눈물에 번진 글씨들도 보였다. 펜을 만지작거리다 결국 그곳을 벗어났다. 그날 합동분향소를 찾은 이들은 모두 소리를 잃었다.

그저 발길이 닿는 대로 걸었다. 고개를 들어보니 한 무리의 사람들과 함께 걷고 있었다. 무거운 걸음걸음들이 향하는 곳이 어디인지 뒤늦게야 눈치챌 수 있었다. 멀리 학교가 보였다. 이곳으로 오래전에 돌아왔어야 했는데 그러지 못했구나. 너무 많은 아이가 저곳을 잃었다.

학교 앞 상점에서 두 여학생이 나왔다. 그 학교의 교복인지는 알 수 없었다. 두 학생은 잠시 서서 사람들을 바라보았다. 그중 한 명이 나와 눈을 마주쳤다.

'당신들이 언제부터 그렇게 신경 썼다고? 대체 언제부터 우리의 안전을 생각했다고?'

그제야 어떤 소리가 들리는 것 같았다. 귀가 아닌 마음으로, 마음이 아닌 온몸으로 그 소리가 뾰족하게 날아와 꽂혔다. 그 무덤덤한 얼굴 앞에서 더는 발길이 떨어지지 않았다. 그래 언제부터 너희들을 이렇게 생각했다고, 신경 썼다

이희영

고, 대체 우리가, 내가 언제부터….

언 제 까 지

그날 이후 오랜 시간이 흘렀다. 하지만 학교 앞 아이들의 눈빛은 지금도 선명하게 가슴에 박혀 있다. 세상은 그 눈빛을 결코 사라지거나 지워질 수 없게 만들었다.

그 시절 어린이집을 다니던 내 아이가 중학교에 입학했다. 그리고 곧 고입을 앞두고 있다. 코로나19 때문이기도 했지만, 초등학교의 모든 여행은 없던 일이 되었다. 중학교도 별반 다르지 않았다. 현장체험이 취소되었다. 가까운 곳에 다녀오는 일정으로 짧게 끝냈다. 아이는 아쉬워했지만, 나는 안심했다. 가지 마. 안 가는 게 좋을 거야. 그게 안전해. 안도의 한숨 뒤에 문득 이런 생각이 떠올랐다.

대체 언제까지 이래야 할까.

먼 거리만 아니면 괜찮을까. 비행기나 배, 버스를 타는 여행만 아니면 괜찮을까. 그렇게 모든 활동을 금지하고 취소시키면 안심해도 되는 걸까. 그런데 아니었다.

배를 타지 않아도, 장거리 여행을 떠나지 않아도, 또다시 누군가의 이름과 사진이 절대 있으면 안 되는 곳에 걸리게 되었다. 그저 친구들과 어울렸을 뿐이었다. 집 앞에 잠깐 나갔을 뿐이었고, 맛있는 음식을 먹으려 했을 뿐이었다. 그냥 기분을 내려 했을 뿐이었다. 그저 단순히 정말 단순히….

그 거리를, 그 길을 걸었을 뿐이었다.

자! 이제는 뭐라 해야 할까. 배도 타지 말고 장거리 여행도 하지 말고 사람 많은 곳은 절대 가지 말라고 해야 할까.

언제까지 이래야 할까. 대체 언제까지….

언 제 까 지 라 도

그날 안산에서 나는 울지 않았다. 울 수 있는 자격조차 없다고 생각했다. 그런데 그 뒤로는 시도 때도 없이 눈물이 흘렀다. 4월이면 연쪽빛의 융단을 펼쳐놓은 하늘만 봐도 눈시울이 아려왔다. 나는 지금 그날 그 배에 올랐던 아이들과 비슷한 또래들을 만나고 있다.

"작가님 저희 졸업 여행 다녀왔어요."

해맑게 웃는 아이들을 보며 혼자서 안도의 한숨을 삼켰다. 무사히 잘 다녀왔구나. 적어도 그 순간만큼은 믿지도 않는 신에게 감사 인사를 드렸다. 아주 간절하게….

그리고 문득 이런 생각이 들었다. 나도 여전히 눈물이 나는데, 내 마음도 여전히 이럴진대, 다들 어떻게 견디고 있을까? 매해 돌아오는 잔인한 4월을 어떤 눈빛으로 바라볼까? 바다보다 깊은 한과 물빛보다 퍼런 가슴의 멍을 어떻게 다독이고 있을까? 살아내고 있을까?

시간은 여전히 그날 그곳에 멈춰 있었다. 그런데도 왜 사람들은 멋대로 그만하라 하는지. 아무것도 달라진 게 없는데, 아무도 책임지지 않는데, 여전히 끔찍한 아픔과 고통

이 희 영

이 되풀이되는데, 도대체 왜 잊어야 하고 무엇을 지워야 하는지 도무지 이해할 수 없었다.

언제까지 이럴 거냐는 사람들에게 오히려 묻고 싶다.

언제까지 이 어처구니없는 참사를 반복할 거냐고. 언제까지 이 무책임한 사태를 되풀이할 거냐고… 이 질문에 대한 명확한 답변은 그 어디에서도 들려오지 않는다.

나는 그날의 일을 또렷하게 기억하고 있다. 내 아이는 그날의 일을 알게 되었다. 그리고 그 아이의 아이들은 그날의 일을 정확히 배우게 될 것이다. 반드시 그렇게 되어야만 한다.

그 누구도 이런 기억을 원치 않았다. 하지만 어쩔 수 없다. 기억하는 것이 아닌, 기억에 저절로 새겨진 고통이기에. 언제까지라도… 언제까지라도 기억될 수밖에 없는 아픔이기에. 오직 그것만이 '대체 언제까지…' 이 답답한 외침을 반복하지 않을 유일한 길이기에.

이 희 영

단편 소설 「사람이 살고 있습니다」로 2013년 제1회 김승옥문학상 신인상 대상을 받으며 작품 활동을 시작했다. 『페인트』로 제12회 창비 청소년문학상을, 『너는 누구니』로 제1회 브릿G 로맨스스릴러 공모전 대상을 받았다. 『BU 케어 보험』, 『여름의 글을 좋아하세요』, 『소금 아이』, 『챌린지 블루』, 『테스터』 등을 썼다.

정혜윤

세월호와 기후위기,
지켜주지 못해서 미안해서

2024
8
16

나는 주로 시사 프로그램을 제작하는 라디오 피디다. 피디로 살면서 가장 돌아가고 싶지 않은 시절이 언제냐고 묻는다면 나는 1초도 망설이지 않고 2014년 세월호 참사 그날부터 한 달이라고 대답할 것이다.

당시 나는 새벽 시사 프로그램을 제작하고 있었다. 매일 새벽 4시에 출근해서 맨 처음 해야만 하는 일이 팽목항에 전화하는 것이었다. "구조된 사람은요?" 우리 모두 알다시피 숫자는 줄곧 0이었다. '영'이란 대답을 듣는 그 일이 죽을 만큼 힘들었다. '영'과 '일'이 얼마나 다른 단어인지 그때 알게 되어버렸다. 아무도 없는 것과 하나라도 있는 것은 완전히 다른 이야기고 완전히 다른 세계다.

첫 일주일은 전화기 너머로 부모들의 울음소리를 들어야 했다. 그 소리는 동굴 안쪽에서 상처 입은 채 피 흘리는 동물이 내는 신음 소리 같았다. 우리 가슴 안쪽에는 선홍빛 피를 흘리면서 신음하는 날것 그대로의 생명이 있었다. 견디기 힘든 날은 방송이 끝나고 나서 회사 앞 공원에 가서 나도 울었다. 난생처음 울음이 눈이 아니라 목구멍에서 먼저 올라오는 경험을 했다. 한번은 울고 있는 다른 피디를 만나기도 했다. 서로 못 본 척해줬다. 그런 시간을 보내면서 희생자들의 인간적인 세부사항들이 내 영혼에 너무 많이 들어와 버렸다. 빌려 신고 간 축구화나 탈출할 줄로만 알고 메고 있던 기타나 수학여행 가는 날 아침에 먹은 피자 한 조각이나 세월호 매점에서 사 먹던 새우깡까지도.

그러나 2015년 이후부터는 여전히 슬프나 다른 시간과 이야기가 펼쳐졌다. 그때는 또 이 슬픈 가족들과 함께 한때 살았던 아이들, 그러나 이제는 없는 아이들의 죽음이 무의미한 것으로 끝나지 않게 뭐라도 다른 이야기를 만들어보려고 '함께' 애를 태웠다.

사고 이틀 뒤, 한 남학생이 바다에 뛰어들려고 했다. "우리 누나 저기 배에 있는데 왜 아무도 꺼내주지 않는 거야. 나 수영할 줄 안다고. 내가 가서 구해 올 거야." 어른들이 몸부림치는 남동생을 뜯어말렸다. "야, 이 새끼야. 바다에 뛰어들면 너 죽어. 죽는다고!" 물에 들어가려는 자와 말리려는 자의 몸싸움은 통곡으로 끝났다. 어느 날 아버지들 끼리 둥그렇게 모여 앉아 있다가 한 아버지가 이렇게 말해 버렸다.

"그런데 왜 우리 중에 아무도 바다에 뛰어들지 않은 거지?"

그 자리에 있던 누구도 입을 열지 못했다. 어쩌면 속으로 이런 생각을 했을지 모른다. '우리 사랑은 그렇게 약했던 거야? 너무 조금만 사랑한 거야?'

거의 모든 사람은 살면서 두 가지 일을 겪는다. 사랑과 죽음이다. 사랑하는 누군가의 죽음은 그 일을 겪은 사람을 두 번 다시 예전처럼 살 수 없게 만든다. 언제부터인가 부모들은 하나의 질문에 대답하려고 했다. '사랑으로 무엇을 할 수 있을까?' 유족이라면 거의 누구나 이런 말을 했다. "두려울 게 없어요. 자식을 잃었는데 뭐가 두렵겠어요." 내게는 이 말이 두려움 없이 사랑하겠다는 말로, 모든 것을 다 해보겠다는 말로 들렸다. 세상을 떠난 사랑하는 사람을 향한 사랑은 시간과 함께 줄어들기는커녕 나날이 더 커지기만 했고, 이제는 없는 사랑하는 존재를 가치 있게 만드는 것은 아직 살아 있는 사람의 삶뿐이었다.

부모들과 팟캐스트(416의 목소리 시즌 I)를 만들고 라디오 다큐를 만들고 집회에 다니던 그때가, 내가 진정으로 나 자신의 힘을 이해하게 된 시간이었다고 고백해도 괜찮

정혜윤

을지 모르겠다. 진짜로 살기 시작한 시간이었다고 해도 좋다. 이런 말을 얼마나 조심스럽게 해야 하는지 안다. 그 일이 있기 전에 나는 나름대로 좋은 삶을 살고 싶어 했다. 인간적으로 성장도 하고 싶었고 의미 있는 일도 하고 싶어 했다. 그러나 '좋은 삶'을 뭔가를 구해내는 것과 한 번도 연결시켜 보지 못했다. 그러나 그 당시의 죽음은 너무나 강렬했다. 죽음이 어찌나 사무쳤던지 좋은 삶, 유일하게 의미 있는 삶은 '구할 수 있는 것을 구해내고 살릴 수 있는 것을 살려내는 것'이라는 생각이 서서히 내면화되기 시작했다. 세월호가 아니었다면 나는 한 생명의 대체 불가능한, 유일무이한 삶이 사라지는 것에 대해서 이렇게까지 깊게 생각해 보지 못했을 것이다. 내가 이런 변화를 겪는 사이에 세월호 부모들에게도 변화가 생겼다. 자신들도 슬퍼 죽겠는데 자꾸만 다른 슬픈 사람들이 눈에 보이기 시작한 것이었다. 어차피 그들이 세상을 떠난 가족들로부터 유산으로 받은 것은 고통이었다. 유족들은 그 유산 덕에 남의 슬픔을 몇 곱절 크게 볼 수 있었다. 세월호 참사 유족들은 오송 참사 유족을 봐도 이태원 참사 유족을 봐도 이렇게 말했다.

"미안해요. 미안해요. 우리가 더 잘했어야 하는데."

이 말을 반복적으로 듣다 보니 이런 생각이 든다. 혹시 우리는 원래 이렇게 만들어진 존재가 아니었을까? 구하지 못한 것을 슬퍼하고 후회하고 미안해하는 존재로. 우리 혹시 그렇게 만들어진 것 아니었을까? 분명한 것은 슬픔이

합해지면서 새로운 사람이 계속 만들어진다는 점이다.

　그 와중에 나에게 이런 일이 있었다. 한국에서는 거의 아무도 기억하지 않는 방식으로, 2018년은 특별했다. 전 세계적으로 청소년들의 기후 비상 시위가 불꽃처럼 일어났다. 그로부터 몇 달이 흐른 2019년 3월의 어느 날, 나는 광화문을 향해 바삐 걸어가고 있었다. 우리나라 초중고생 300여 명이 3·15 청소년 기후 행동 집회를 여는 날이기 때문이었다. 친구가 말했다. "우리도 거기 가자. 어른들이 함께 있다고 말해주자!" 너무 멋진 말이라서 내가 먼저 그 말을 하지 않은 것이 분했다. 지하철역에서 내려 세종문화회관까지 가는 길에 세월호 참사 분향소를 지났다. 광화문광장 재구조화에 따라 그때 당시 세월호 참사 분향소는 상당 부분 철거되어 있었다. 팻말이 하나 덩그러니 서서 그곳에 며칠 전까지 아이들의 영정사진이 걸려 있었음을 말해주고 있었다. 나무 팻말에 적혀 있던 문구는 '지켜주지 못해서 미안해'였다. 그 문구를 바라보다 고개를 돌렸더니 공교롭게도 건너편 세종문화회관 계단에 앉아 있는 어린아이들의 모습이 눈에 들어왔다. 순간 누군가 구조해 주길 기다리며 배 안에서 줄을 서 있던 세월호 아이들의 모습들이 바로 떠올랐다. '봐! '지켜주지 못해서 미안해' 너머 대각선 위치에서, 아이들이 살고 싶다고 말하고 있잖아.' 살기를 원했으나 결코 살아 돌아오지 못한 아이들에 대한 가슴 찢어지는 기억은 내가 죽을 때까지 영원할 것이다. 그러나 아직은 지켜줄 수 있는 아이들이 있다.

진실을 파헤치는 과정에서 유족들은 진상을 있는 그대로 파악하려는 고통스러운 노력을 했기 때문에 상황이 수천수만 번이나 달라질 수 있었다는 것을 안다. 유족들이 겪는 고통은 피할 수 없는 것이어서 그래도 견딜 만한 것이 아니라, 피할 수 있는 것이라서 견디기가 힘들다. 상황이 달라질 수 있다는 생각에 유일한 희망의 여지가 있다. 그 희망의 가능성을 알기 때문에 유족들은 말하고 또 말하는 것이다. 기후위기 상황을 살아가는 내 마음도 그렇다. 이제 우리 중 누구도 엄청난 생명이 위험에 처한 이상한 시대를 살고 있다는 것을 도저히 모를 수 없다. 생명을 살릴 수 있었던 골든타임을 놓쳐본 나라의 국민으로서, '지켜주지 못해서 미안해'라는 말이 내용 없는 텅빈 말이 아니길 바라는 사람으로서, 시간이 약이라는 말이 사실이 아님을 아는 사람으로서 나는 사랑한다는 것은 구하고 살려내는 것이라고 생각한다.

세월호 가족들은 10년이 지난 지금도 자식들이 집으로 돌아오는 꿈을 꾼다. 아직도 매일 사랑한다. 그들이 잃어버린 육체는, 마치 공기처럼 살아가는 데 필요한 것이었다. 만약 다음 생이란 것이 있다면, 사랑하는 사람들은 분명히 다시 만날 것이라는 생각을 한다. 어쩌면 유족들은 여기에서 다른 아이들을 구하면서, 다른 생명들을 구하면서, 따뜻한 몸을 만지고 안고 냄새 맡을 수 있는, 다음 생을 기다리고 있는 것인지도 모르겠다.

세월호 10년의 세월이 흘러가는 지금 나는 하나의 이미지를 계속 떠올린다. 세월호 참사 당일 바다에서 구조를 기다리던 학생들 옆에 아기가 둥둥 떠 있었다. 자신들도 겁에 질렸을 학생들은 팔을 머리 위로 길게 뻗어 아기를 들어 올리고 손에서 손으로 날랐다. 그리고 이렇게 말했다. "여기 아기가 있어요. 아기가."

정혜윤

마술적 저널리즘을 꿈꾸는 라디오 피디. 세월호 참사 유족의 목소리를 담은 팟캐스트 〈416의 목소리〉 시즌 1, 재난참사 가족들과 함께 만든 팟캐스트 〈세상 끝의 사랑: 유족이 묻고 유족이 답하다〉 등을 제작했다. 다큐멘터리 〈자살률의 비밀〉로 한국피디대상을 받았고, 세월호 참사 2주기 특집 다큐멘터리 〈새벽 4시의 궁전〉 등의 작품이 한국방송대상 작품상을 받았다. 『삶의 발명』, 『그의 슬픔과 기쁨』, 『슬픈 세상의 기쁜 말』 등을 썼다.

이병국

2024
9
16

    친구의 유서를 대신 써주었던 날이 있다. 친구는 2분단 맨 앞 오른쪽 자리에 앉았고 나는 3분단 맨 앞 왼쪽에 앉아 있었다. 어느 날, 별일 아니라는 듯이 친구는 나에게 편지를 부탁했다. 자신이 죽는다는 것을 가정하고 엄마와 여자 친구에게 작별 인사하듯 적어주길 원했다. 무슨 일이냐고 묻는 나에게 친구는 엄마가 여자 친구와의 교제를 허락하지 않아서 좀 강하게 반항하는 척, 제 뜻을 이루어내려고 작전을 세우는 중이라고 말했다. 당시 친구의 진짜 마음이 무엇이었는지, 그것을 내가 어떤 내용으로 썼는지 모르겠다. 그저 친구의 부탁을 조금은 장난처럼, 그저 가볍게 생각하며 죽음을 앞둔 이를 상상하곤 친구가 건네준 미색 편지지에 날카로운 글자들을 한 자 한 자 적었을 뿐이다. 그러니까 그때 나는 유서를 쓰듯 편지를 써 내려가면서도 그 끝에 국화 한 송이가 놓일 거라고는 생각지 못했던 거였다. 시간이 흘러 첫 시집 표제작이 된 시를 쓰던 날. 그것이 내가 할 수 있는 유일한 일인 양, 시 안에 친구의 유서를 언급할 수밖에 없었던 것은 얼굴도 이름도 아득하기만 한, 고등학교 2학년 그곳에 머물러 있는 그의 안녕을 바라며 기억하고 싶어서였는지도 모른다.

10년 전, 나는 학원에서 중고등학생들에게 국어를 가르치고 있었다. 그날 아침에 눈을 떠 뉴스를 보는 순간에도 나는 곧 있을 학생들의 중간고사 대비 수업을 생각했고, 그들이 좋은 점수를 받기 위해 해야 할 일들을 머릿속으로 목록화하고 있었다. '전원 구조'라는 단어에 마음을 놓으며 출근해서야 그것이 오보임을 알았고 인터넷으로 뉴스를 확인한 다른 선생님들과 함께 울기만 했다. 그럼에도 실시간으로 생중계되는 화면 앞에서 구조의 가능성을 의심하지 않았고 그들이 모두 집으로 돌아갈 수 있기를 강의실에 모여 있는 학생들과 기도했다. 그러나 그 바람이 무색할 만큼 정부의 대처는 무능했고 희생자의 숫자는 줄어들지 않았다. 진실은 여전히 밝혀지지 않은 채 아무도 아무렇지 않은 듯 스스로를 기만하는 날들이 이어지고 있다.

아무도 아무렇지 않은 삶은 사실 없을 것이다. 도스토옙스키가 『카라마조프 가의 형제들』에서 조시마 장로의 입

이 병 국

을 빌려 말한 것처럼 "삶 속의 많은 것들이 우리에게 감추어져 있다"는 것을 우리는 안다. 다만, 감추어져 있는 것을 밝히기 위한 끊임없는 노력이 요구될 뿐.

세월호 참사의 희생자들을 애도하고 안녕을 기리기 위해 304낭독회에 처음 참여한 것은 2015년 3월이었다. 겨울을 지나 봄에 닿는 시기였지만 아무것도 밝혀지지 않았고 오히려 은폐하려는 이들과 희생자를 혐오하는 이들을 상대로 한 지난한 투쟁으로 광장은 스산하기만 했다. 광화문 광장에서 낭독한 시는 「가위―우리는 잊기로 했다」였다. 잊을 수 없는 일이기에 기억해야 한다고 말하면서도 "우리는 잊기로 했다"고 읊었다. 이겨내는 법이 없는 우리를 견디며 잊었으면 좋겠다고. 그러나 그럴 수 없다는 것을 너무 잘 알기에, 잊지 않기 위해 잊음을 변명처럼 내어놓았다. 역설과 시적 아이러니가 부끄러움으로 여겨졌다. 그럼에도 쓰고 읊을 수밖에 없었던 이유는 첫 시집 『이곳의 안녕』(파란 2018) 시인의 말에 적은 것처럼 "우리가 다행이라고 여기는 것이 당신의 몰락은 아니었으면 좋겠다"고 생각한 때문이기도 하다.

지금의 내가 다행이라고 생각하는 하루하루가 누군가의 고통과 슬픔에 기댄 안온함이 아니기를, 비교 우위의 삶이 아니라 온전히 다행인 날들로 채워지기를 바랐다. 그러기 위해서라도 이곳에서 모두의 안녕을 바라야만 한다고 믿었다. 우리는 언제쯤 온전한 안녕으로 다시 봄을 다시 맞게 될까.

이듬해인 2016년에 '기억저장소 그리고 다시, 봄'이라는 사진관 겸 타투샵을 알게 되었다. 흔한 이름일 수도 있겠지만, 때마침 마주한 우연으로 말미암아 그곳에서 기억을 새겨두고 싶었다. 어쩌면 304낭독회에서 참여한 모두가 함께 읽는 마지막 문장처럼 계속 읽고 쓰고 행동할 수 있도록, 마음을 다잡을 수 있을 만한 실감의 기록이 필요했던 것인지도 모른다. 왼쪽 손목에 단순한 모양의 조그만 배 한 척을, 오른쪽 발목에 역시 조그맣게 닻을 새겼다. 그 안에 세월호 참사를 잊지 않겠다는 다짐과 희생자를 기억하고자 하는 마음을 담았다. 또한 우리의 다행한 삶이 다른 이의 고통과 슬픔을 잠식하지 않고 그 곁에서 닻을 내리고 나눌 수 있게 되기를 바랐다. 친구의 유서를 대신 써주었던 시절로부터 30년이 흘러 내 몸에 쓴 죽음의 기록이자 그 너머를 살피는 공감의 인장으로 삼고자 했다.

그러나 여전한 참사가 태안 화력발전소에서, 이태원에서, 오송에서 벌어져도 그 책임자 누구 하나 제대로 된 처벌을 받지 않고 있다. 슬퍼하고 분노한 자리의 노란색 리본을 아직 떼지도 못했는데 그 자리에 다시 보라색 리본을 덧

이병국

단다. 손을 뻗으면 닿을 것 같은데, 이곳의 안녕은 아득하기만 하다. 그래도 봄볕의 따스함과 가을볕의 안온함을 구부러진 그림자에 꾹꾹 담아 나누고만 싶다.

이 병 국

시인, 문학평론가. 제4회 내일의 한국작가상을 수상했으며, 동시대 한국인이 쓴 시와 소설 읽는 걸 좋아한다. 시집 『이곳의 안녕』, 『내일은 어디쯤인가요』 등을 썼다.

박일환

생각하며

2024

10

16

　　세월호 참사 이후 많은 글을 썼습니다. 시를 쓰고, 산문을 쓰고, 소설을 쓰고, 약전 작업에도 참여했습니다. 글을 쓰기 위해 홀로 단원고와 그 주변 동네를 찾아 나서기도 했고, 화랑유원지 분향소와 기억전시관, 팽목항, 희생자들을 안치한 몇 군데의 추모공원, 인양한 세월호를 세워놓은 목포신항 거치소에도 다녀왔습니다. 교사이자 글을 쓰는 사람으로서 당연히 해야 할 일이라 여겼고, 그렇게 쓴 글들이 희생자와 유가족들에게 작은 위로가 되고, 참사를 잊지 않기 위한 기억 작업에 보탬이 되기를 바랐습니다. 그렇다 한들 나의 슬픔과 나의 분노가 자식을 잃은 부모의 마음 한끝에라도 가닿을 수 있었을까, 나의 죄책감을 덜기 위한 알량한 제스처에 지나지 않았던 건 아니었을까 하는 생각을 떨쳐버릴 수 없습니다.

그동안 많은 자료를 보고 많은 사연을 접했습니다. 잊히지 않는 사연이 여럿이지만 그중에서도 많은 이들의 마음을 먹먹하게 만들었던 김수정 학생의 아빠 김종근 씨의 십자수 이야기는 나로 하여금 다음과 같은 시를 쓰게도 했습니다.

아빠의 십자수
— 2학년 2반 김수정

수정아, 보고 있니?
아빠가 네 얼굴을 십자수로 떴어.
하루에 9시간씩 11개월이나
십자수 바늘을 붙들고 있었어.

7만 7천 땀, 그리고 4만 땀
십자수 얼굴 두 개에 들어간 땀이
너를 향한 그리움이란 걸
수정아, 너도 알고 있지?

네가 가진 모든 것을 사랑한다고 했던 마음
수학여행비에서 만 원을 떼어 책상 위에 올려놓고 간 마음

영상동아리 활동을 하면서 카메라 사달라는 소리조차
안 하던 마음
늦게 일 마치고 돌아오는 엄마를 버스정류장에서 기다
리던 마음

잊지 못해서, 아니 잊을 수 없어서
네 얼굴 보고 또 보면서
한 땀 한 땀 바늘을 움직였어.
그렇게라도 네 마음에 가닿고 싶었어.

아빠의 마음이 너에게 포개지고
네 마음이 아빠에게 포개지는 동안
눈이 생기고 코가 생기고 입술이 생기면서
너는 십자수 속에서 다시 태어났어.

수정아, 다시 한번 웃어 보렴.
그 모습 그대로
아빠 품을 향해 활짝 뛰어들어 보렴.

십자수를 놓는 바늘 한 땀은 그냥 한 땀이 아니라 딸을
그리워하는 아빠가 피눈물을 찍어가며 놓는 한 땀이었을
겁니다. 그토록 사무치는 고통 곁에 감히 어떤 위로의 말
을 놓아둘 수 있을지 막막할 따름입니다. 세월이 많이 흘렀

박 일 환

으니 이제 슬픔의 무게가 조금은 줄었을까요? 혹시라도 그렇게 묻거나 말하는 이가 있다면, 슬픔의 싹은 도려낼 수도 없거니와 그러려고 할수록 더 아프게 자라나기 마련이며, 그저 견디고 견디는 시간이 이어지고 있을 뿐이라는 말밖에 건넬 게 없습니다. 망각이라는 말은 얼마나 무서운 걸까요? 작년 4월 김종근 씨는 페이스북에 "너의 목소리가 생각이 나지 않아 너무 무섭다."라고 썼습니다. 그러면서 딸에게 정말 미안하다고 했습니다. 무섭다고 하는 그 마음을 나는, 그리고 당신은 얼마나 헤아릴 수 있을까요?

부평구 평온로 61번지에 자리한 인천가족공원 안쪽으로 깊이 들어가면 세월호 참사 일반인 희생자 추모관이 있습니다. 참사 당시 단원고 학생과 교사들만 희생당한 게 아니라는 건 다들 알고 있지만, 따로 일반인 희생자 추모관이 있다는 사실을 아는 이들은 많지 않습니다. 추모관 안에 일반 탑승객뿐만 아니라 승무원들, 구조 작업 중 안타깝게 돌아가신 잠수사들의 영정을 같이 모시고 있다는 사실도요. 그리 멀지 않은 곳에 살고 있는 저도 뒤늦게야 그런 사실을 안 뒤 몇 차례 방문했습니다. 그동안 관심의 축이 한쪽으로만 기울어 있었던 건 아닌가 하는 반성을 했습니다.

그곳에서도 4월 16일이 되면 해마다 추모 행사를 합니다. 그 추모 행사장에서 다 같이 일어나 국민의례를 할 때, 저는 태극기를 바라보며 가슴에 손을 얹을 수 없었습니다.

인천시장을 비롯해 국회의원과 시의원, 지역 기관장과 행정안전부 장관도 참석하지만 여전히 그 자리에 국가는 없었습니다. 정해진 임기에 따라 대통령을 선출하고, 꼬박꼬박 국회가 열리고, 온갖 국가기관이 행정력을 발휘하고 있다고 해서 국가의 존재가 증명되지는 않습니다. 세월호 참사 이후 제대로 된 나라를 만들어야 한다고 너 나 할 것 없이 목 놓아 소리쳤지만 국가가 달라졌다는 소식은 여태 듣지 못했습니다. 10·29 이태원 참사를 통해 여전히 국가가 존재하지 않는다는 사실을 다시 한번 아프게 깨달아야 했을 뿐입니다. 세월호 참사 이후 무엇을 반성하고, 무엇을 배우고, 무엇을 바꿨는지 저는 도무지 알 길이 없습니다.

수정이의 아빠 김종근 씨가 11만 땀이 넘도록 딸의 얼굴을 십자수로 뜬 그 마음과 아픔을 헤아리는 일, 거기서부터 다시 시작해야 하지 않을까요? "지겹다"거나 "이제 그만"이라고 말하는 대신 아직 시작도 못 했다는 사실부터 받아들여야 하지 않을까요? 참사가 일상이 된 나라라는 오명을 벗어나기 위해서라도 말입니다. 그것이 추모와 애도에 기한이 없어야 하는 이유입니다.

박일환

박 일 환

1997년『내 일 을 여 는 작 가』에 시 추천을 받아 등단했으며, 오랫동안 국어 교사로 일했 다. 문학이 사 회 와 역 사, 특 히 그 안 에 서 부 대 끼 는 사 람 들 의 삶을 끌 어 안 을 수 있 어 야 한 다 는 믿 음 으 로 다 양 한 글 을 쓰 고 있 다. 시 집 『만 렙 을 찍 을 때 까 지』,『귀 를 접 는 다』, 교 양 서 『어 휘 늘 리 는 법』, 청 소 년 소 설 『바 다 로 간 별 들』등 을 썼 다.

월간 십육일

세월호 참사 10주기 기억 에세이

2024년 4월 1일 1판 1쇄

지은이	서윤후 이랑 오은 이슬아 강혜빈 정세랑 황인찬 김겨울 김하나
	김애란 임진아 태재 송은정 이휘 장혜영 무과수 핫펠트(예은)
	하연주 황예지 성동혁 김연덕 유지혜 최지은 김신지 오선화 정윤진
	박래군 박혜지 임정희 김경희 정지우 나희덕 김복희 최영희 강민영
	김민지 최현수 정지향 고명재 배수연 김지현 김중미 김소영 정보라
	은유 천선란 이희영 정혜윤 이병국 박일환
그린이	임진아
엮은이	4·16재단
편집	김태희 장슬기 윤설희 최경후 이여름
디자인	신종식
제작	박흥기
마케팅	이병규 이민정 김수진 강효원
홍보	조민희
인쇄	천일문화사
제책	J&D바인텍

펴낸이	강맑실
펴낸곳	(주)사계절출판사
등록	제406-2003-034호
주소	(우)10881 경기도 파주시 회동길 252
전화	031)955-8588, 8558
전송	마케팅부 031)955-8595 편집부 031)955-8596
홈페이지	www.sakyejul.net
전자우편	literature@sakyejul.com
인스타그램	instagram.com/sakyejul

© 4·16재단

◦ 이 책의 인세는 4·16재단의 후원금으로 쓰입니다.

ISBN 979-11-6981-193-4 03810